闇に堕ちる君をすくう僕の嘘

斎藤千輪

双葉文庫

白い花の海に、そっと身体を横たえる。
沈みゆく身体が、真っ赤に染まっていく。
鮮血のような赤。決して赦《ゆる》されない罪の色。
白い海の底から、あたしを呼ぶ声が聞こえる。

おいで。早くおいで。ずっとずっと待っている……。

わかってる。もう少しだけ待っていて。
必ずそこに行くって、決めてるから。
だから、もう少しだけこの世界にいさせて。
もう少しだけでいいから――。

目次

闇に堕ちる君をすくう僕の嘘

第一章

純白の花束と黒い魔女

真っ赤なダリアの花を持った弟が、好奇心で瞳を輝かせていた。

その横で花壇用のスコップを構え、乾いた土に勢いよく突き刺す。

ザク、ザク、ザク、と土を抄《すく》い、奥まで穴を掘っていく。

ひぐらしの甲高い鳴き声が、耳に心地よく響いている。

独特の土臭さが鼻孔を刺激するが、決して嫌いな匂いではない。

掘った穴の奥底にビニール袋を入れたら、再び土で穴を埋める。

額に浮かんだ汗を拭って、木々の隙間から青い空を仰ぐ。

モクモクとした綿飴のような雲が、風で無防備に流されていく。雲が青葉で覆われた山の上を通過するたびに、その影が青葉を黒く染める。遠くまで広がる緑の田畑に目をやると、そよいだ稲穂が光の波筋を立てている。

なんてことない田園風景だけど、なぜか満ち足りた気持ちになる。

「お兄ちゃん、ここに挿せばいいよね」

七歳の弟が愛らしいえくぼを浮かべている。

鼻先についた泥を、タオル地のハンカチで拭いてやった。

「うん。倒れないように、なるべく深くな」

「大事な墓標だもんね」

弟が丁重な手つきで、まん丸く咲いたダリアの太い茎を土に挿す。

深く、深く。土の中に埋めた魂の抜け殻まで、茎が届くくらいに深く。

ヨーロッパが原産のダリアには、『天竺牡丹《てんじくぼたん》』という和名があるらしい。

天竺牡丹。まるで天上の神々に選ばれた花のような呼び方だ。

この場に飾るのにふさわしい、厳かな響きの和名を持つ花。舟形の長い花ビラで幾重にも覆われた、直径二十センチほどもある巨大な深紅のダリア。

——やっぱキレイだな、と改めて思う。見慣れた花なのに、墓標として土に挿した途端、まったく別の神聖な花のように見えてくる。

しばらくダリアの墓標を眺めたあと、弟と並んで手を合わせた。

どうか安らかに眠ってください——と、心から祈りながら。

✿

鏡《かがみ》太輝《たいき》の故郷には、クジラが泳ぐ森があった。

一千万年もの遥か昔、その辺りの大地は海中に沈んでいたという。それが長い年月をかけて隆起した結果、現在のような山地になったそうだ。だから、貝を始めとする太古の海の生物は、今も化石となって山に埋まっている。

巨大クジラの骨の化石が発掘されたのは、今から二十年ほど前のこと。以来、地元ではここらの森林を『クジラの森』と呼んでいる。雨の降ったあとにその辺りに来ると、潮の香りが漂うこともあった。きっと、海中だった頃の名残だろう。

単なる気のせいかもしれないけど。

ダリアなどの観賞用植物や、米や野菜が主な生産物の、福島県にある長閑《のどか》な街。茨城県との県境からほど近いその地で、太輝の両親は小さな温泉旅館を営んでいた。二階に和風の客室があり、一階に食堂や温泉浴場を設えた、民宿に毛が生えたような旅館だ。太輝たち家族の住居は敷地内の離れにあった。

朴訥だが丁寧な父のもてなしと、地産の食材で母が作る素朴な夕食、知られざる秘湯と呼ばれた効能豊かな温泉は、殊《こと》のほか評判を集めていたようだった。リピーター客も多く、太輝を見かけて声をかけてくれた人も数知れない。

両親が多忙だったため、幼少時はいつも弟と共に遊び回っていた。

弟、とは言っても、二卵性双生児なので誕生日は同じだ。ただ、自分のほうが先に母親の体内から出てきたにすぎない。

顔立ちも体格もあまり似ていなかったが、太輝にとって弟は半身のような存在だった。

彼が笑えば自分も笑顔になり、泣けば同時に悲しくなる。互いの痛みすら感じ合うほど、心が通じ合っていた。――などと、あの頃は純粋に信じていた。

弟と同じベッドで並んで眠り、隣同士の机で学校の宿題をやり、他愛もないことで笑い合う。家のリビングに古びた木製のピアノがあって、結婚前はピアノ講師をしていた母親から習った曲を、ふたりで奏でたりもした。

室内でピアノを弾くのも楽しかったけど、外で遊ぶほうが圧倒的に多かった。

澄んだ小川でザリガニを釣ったり、クジラの森で昆虫採集をしたり、ボーイスカウトで習ったロープ結びでハンモックを作ったり。

中でも夢中になったのが、『お墓ごっこ』だ。

自然の宝庫であるこの辺りでは、小さな生物の死骸をよく見かける。昆虫や爬虫類、ハトやカラスなどの鳥類。ときには狐や狸など、野生動物も見つけた。野生動物は、車に轢かれていたことが多かったと記憶している。

魂が抜けてしまった亡骸をビニールで包み、クジラの森へと運ぶ。

死骸を土に埋めたら、そこに花を挿して『ダリアの墓標』にするのだ。

墓標にするダリアの種類は、その都度変化した。

艶やかな赤。可憐なオレンジ。華やいだ黄色。大人びた紫。淡いピンクも眩しい白もあった。色も大きさも多種多彩なダリアは、選び放題だったと言っても過言ではない。太輝の家のすぐそばにダリアの生産農家があり、いつも売り物にならない花がバケツに入れてあったからだ。そこからダリアを持っていくのである。

農家の人は、子どもたちの花泥棒を知っていながら、いつも笑顔で見逃してくれた。

「どうせ捨てちまう花だから、いくらでも持ってけ」と。

太輝たちは夢中になって死骸を探した。花の墓標を立てて弔うことが、崇高な儀式であるかのように思っていた。

しかし、あるとき太輝は見てしまった。

弟が小さなトカゲを足で踏みつぶそうとしたのだ。

「そんなことしちゃダメだ！」と、大声で戒《いまし》めた。

ビクッと肩を動かし、弟が足を止める。薄茶色のトカゲが素早く逃げていく。

「だって、死骸がなかなか見つからないから……」

「だからって殺しちゃダメだよ。小さくたってみんな生きてるんだから」

「それなら、ダリアだって生きてたじゃないか。今は茎を切られて死にかかってる。なんで植物はよくて動物はダメなの？　同じ生き物なのに」

弟の真顔の問いかけに、子どもだった太輝は答えられなかった。大人になったら答えられるのか、と考えたら、それも難しそうだった。

「……とにかく、ダメなもんはダメなんだよ」

結局、なんの説得力もない言葉しか出てこなかった。

「わかったよ」と、泣き出しそうな顔で返した弟の声は、太輝の耳奥にあるレコーダーに録音され、いつでも再生可能になっている。

一体、どう答えればよかったのだろうか。正解は見つからないままでいる。

いたずらっ子だけど可愛い同い年の弟。頼もしい父、やさしい母。ピアノまで家にあったほど、そこそこ豊かだった生活。

そのささやかな幸せは、太輝が八歳のときに突如幕を閉じた。

家族を失って以来、ぽっかりと空いてしまった心の穴は、二十歳になった今でも塞がる気配がない。

いまだに、子どもの頃の夢を頻繁に見る。

かつて、雄大なクジラが泳いでいた神秘の森。

風にそよぐ赤いダリアの花。無邪気にはしゃぐ弟の姿。

もう二度と、あの愛らしい笑顔を見ることはない――。

❀

太輝が「彼女」と出会ったのは、桜が香る季節の夕刻だった。

とある街の桜並木を歩いていたら、前方の角からふいに現れたのだ。

「ねえ、お母さん。魔女がいるよ」

横を母親と歩いていた幼い少年が、彼女のほうを指差す。

「こら、大声で言わないの。聞こえちゃうでしょ」

「でもさ、魔女を見たら呪われるんだって。なんか怖いよ……」

「そんなことあるわけないでしょう。ほら、あっちに行くよ」

母親が少年の手を引いて、横断歩道を横切っていく。

魔女、と呼ばれていたのは、全身黒ずくめの少女だった。

漆黒のフード付きロングワンピースに黒いブーツ。大きなフードで顔の半分を隠し、まだ幼さの残る口元を固く結んでいる。フードの下から腰までありそうな栗色の髪を垂らして、うつむきながらトボトボと歩いている。まるで、喪にでも服しているかのように寂し気に。

彼女は、ワンピースの長い袖から覗く華奢な右手で、ゴルフボールのように丸くて白いダリアの花束を抱えていた。左手には水の入ったビニール袋が握られている。ビニール袋に目を凝らすと、紅色の小魚が一匹だけ、腹を上にしてぽっかりと浮かんでいる。——あれは金魚の死骸だ。

心臓が止まりそうになった。

ダリアの花と生物の死骸。福島にいた頃に弟とやっていた『お墓ごっこ』を、否が応でも思い起こしてしまう。

しかも彼女は、小声で歌を口ずさんでいた。

「唄を忘れたカナリヤは　後ろの山に棄てましょうか――」

小学校の音楽で習った童謡の『かなりや』だ。続きがあるはずだが、そのフレーズだけ繰り返している。ピアノの高音のような澄んだ歌声だけど、どうにも不吉で視線が外せない。

――まさか、どこかの山に金魚の死骸を埋めようとしているのか？　ダリアを墓標にして。いや、田舎の子どもじゃあるまいし、そんな奇特な人いないよな。だけど、本当に魔女みたいに不気味な女の子だ。フードの下の素顔が気になるけど、覗き込むわけにはいかないしな……。

などと考えていたら、ふいに春風が吹き上がり、彼女のフードがふわりと脱げた。

ロングヘアが後方になびき、切り揃えられた前髪と目元があらわになる。

大きく開かれた二重の瞳。ふっくらとした涙袋。黒目ではない。ヘーゼルナッツのような茶色がかったハシバミ色だ。睫毛が驚くほど長い。ツンと上を向いた鼻と、小さく尖った顎。人形かと思うほど整った顔立ち。あわててフードを被り直そうとした右手の長い爪には、真っ黒なネイルが塗られている。

太輝は、一瞬だけ視線を合わせてしまった。

街灯の光を受けて、彼女の両目が猫のように金色に輝く。

「魔女」という言葉がまた浮かび、背筋がゾワッとした。

彼女は純白の花束と金魚の死骸を抱え、黒いフードを被ったまま通り過ぎていく。『かなりや』のワンフレーズを繰り返しさえずりながら。

一体、どこに何をしに行こうとしてるんだろう……？

すれ違ったあとも、その場に立ち止まって少女の背中を見つめてしまった。

夕闇に桜の花ビラが舞う中、黒い後ろ姿が遠く小さくなっていくまで。

✿

奇妙な少女に後ろ髪を引かれながらも、気持ちを改めて目的地へと向かう。

その日、太輝が訪れていたのは、世田谷区の多々木町《たたき》だった。

多々木町は、瀟洒《しょうしゃ》な邸宅やマンションが立ち並ぶ住宅地でありながら、東京二十三区では珍しい渓谷がある街。渓谷の真ん中を流れる小川の周辺には、湧水の発生場が数カ所あり、ケヤキやコナラといった樹木や幾種もの湿性植物を育みながら、緑豊かな湿地帯を形成している。

そんな多々木町の商店街に、ダリア専門店『THE DAHLIA』がある。

初めて店を見たときは、洒落たバーかと思った。

ガラス張りの店内はステンレスのバーカウンターで仕切られ、その奥の巨大な水槽のようなショーケースに、ダリアが品種ごとにディスプレイされていたからだ。カウンターの前にはスツールが四脚ほど置いてあり、そこに座るとバーテンダーがカクテルを出してくれそうな雰囲気さえ醸し出している。

入り口の左右横に設置された、花器やアレンジメントが飾られたガラス棚や、磨き上げられた白い大理石の床も、スタイリッシュという形容詞がよく似合う。

入りたいんだけど、オシャレすぎて入り辛いんだよな……。

ガラスに映った瘦せて無造作な髪型の男が、やけに貧相に見える。いつものクセで、着古したパーカーの袖口をクンクンと犬のように嗅いでしまった。昨日、洗濯して日干ししたばかりなのに。

しばらく躊躇していたのだが、ガラスに貼られた「アルバイト募集中・要運転免許」の貼り紙に背中を押され、思い切って自動ドアから中に足を踏み入れた。アロマのような人工的な香りが押し寄せて、落ち着かない気分になる。

「いらっしゃいませー」

濃いグレーのTシャツにブラックジーンズ、銀色で店名の入ったグレーのエプロンをつけた青年が、愛嬌のある笑顔で迎えてくれた。目にかかるくらいにセットされたブラウンの髪には、金色のメッシュが細かく入っている。大きな黒目がちの瞳。緩やかに弧を描く口元からは白い歯が覗いている。

雑誌モデルのように都会的な青年。自分とはかけ離れすぎていて苦手だ。別の人がいるときに出直したほうがいいかもしれない。

踵を返そうとした太輝を、「ちょっと待って」と青年が引き止めた。

「もしかして、バイト募集の貼り紙、見てくれました？」

「あ、はい。でも……」

またにします、と言おうとしたのだが、その言葉は彼の甲高い大声に遮られた。

「陸《りく》さん！　バイト希望さんが来てくれたっすよ！　ねえ、陸さん！」

「……なあ、いつも言ってるだろう。和馬《かずま》は声がデカいんだよ」

カウンターの奥から長身でガタイのいい男性がヌッと出てきた。腰をかがめて何かの作業をしていたようだ。和馬と呼ばれた男子と同じグレーのTシャツにエプロン姿で、顔は薄っすらと日焼けをしている。短髪でやや厳つい顔つきだけど、目元の皺《しわ》がやさしそうな人だった。

「こんにちは。オーナーの戸塚《とつか》陸です。こっちは唯一の社員で岩野《いわの》和馬。えーっと、お名前と年齢を訊いてもいいかな?」

「鏡太輝、二十歳です」

「太輝くんね。履歴書はある?」

「いえ、表の貼り紙を見ただけなので」

「そう。車の免許は持ってる?」

「はい。大型を」

「大型免許ってことは、トラックでも運転してたのかい?」

「そうです。廃棄物を運ぶ仕事をしてました」

産業廃棄物ドライバーだった頃は、常にゴミの臭いに悩まされていた。特に酷かったのが、汚泥や廃油の回収時だ。全身をくまなく洗っても、しばらく臭いが取れないのである。そのせいで、いまだに身体や衣服の臭いを気にするクセが直らない。

「廃棄物の処理か。尊い仕事をしてたんだね。気に入ったよ」

陸が柔らかく微笑む。パイプオルガンのように重厚な低音ボイスが、すっと耳に入ってくる。前職を褒められたのは初めてで、どうリアクションしたらいいのかわからないけど、肩の緊張が少しずつ解れてきた。

「それで、今どこに住んでるんだい？」

「神奈川県の川崎です。でも、ここら辺に引っ越したいなと思ってて……」

「へぇー、なんでなんで？　あ、立ってないでここに座りなよ」

人懐こそうな和馬がスツールを勧めてくれたので、なるべく浅く腰をかける。

「……あの、渓谷があるからです。緑の多い街に住みたくなったというか。……それに、ダリアの花にも思い入れがあって、専門店なんて珍しいから来てみたんです。そしたらバイト募集中みたいだったので、つい入ってしまったんですけど……」

とつとつと話しながら、ガラスのショーケースにディスプレイされたダリアに視線を向けた。鏡になった壁を背景に、大小さまざまな形のダリアたちが、円柱形のステンレス花瓶に生けられている。その中に、昔、弟と墓標にした大きくてまん丸い深紅のダリアも交ざっていた。『宇宙〈フォーマル・デコラティブ咲き〉』と書かれたプレートが花瓶に貼ってある。

「あの大きな赤いダリア、宇宙って名前なんですね。知らなかったです」

「日本産では一番巨大なダリア。最大で直径三十センチを超えるんだ」

穏やかな表情で陸が言う。聞く者の心を落ち着かせる、ゆったりとした話し方だ。太輝の口も自然に開いていく。

「実家の近くにダリア畑があって、子どもの頃、よく売れない花をもらってたんですよ。その中にこれもあったなって、思い出しました。結構いい値段がするんだなあ……って、すみません」

余計なことを言ってしまったが、陸は目元の皺をさらに深くした。

「うちは実家が千葉のダリア農家でさ、そこの花を中心に仕入れてるんだ。今はハウス栽培もできるから、日本全国にダリアの生産者がいる。だから、一年中いろんな品種を揃えられるんだ。その全部に名前がついてるんだよ」

「そうなんですね。咲き方もいろいろあるみたいで、すごく興味深いです」

もっとダリアのことが知りたい。名前も覚えたい。そんな欲求が湧いてきた。

太輝を見つめていた陸が動き、ショーケースの真ん中に手をかけてガラスの引き戸を開けた。真っ赤な『宇宙』を一輪だけ取り、水気を取って太輝に差し出す。

「せっかく来てもらったんだ。プレゼントするよ」

「いいんですか？」

「もちろん。あとで和馬にラッピングさせるから」

「了解っす！」

美形だけどお調子者っぽい和馬が、おどけて敬礼をする。

太輝は、陸から手渡された深紅のダリアにしばし見惚れた。

薔薇の花のように艶やかだが、薔薇のような強い香りはしない。きっちりと規則的に並ぶ花弁と相まって、どこか人工的な感じもするけど、摘まれる前は大地に根を生やしていた生物だ。茎を切られて朽ちる前の今もなお、凜と咲き誇っていることに、畏怖の念すら覚えてしまう。

「花ビラが規則的に並んでるから、見てると真ん中の花芯に吸い込まれそうな気持ちになるんですよね、ダリアの花って」

思わずつぶやくと、陸が「そうなんだよ」とうれしそうに相槌を打った。

「雪の結晶や葉脈の模様のような〝フラクタル〟と呼ばれる自然の幾何学模様は、人間の前頭葉に何らかの刺激を与えるらしい。ゾワゾワと落ち着かなくさせたり、逆に安らぎを与えたりね。ダリアの花弁のつき方も幾何学的だから、同じような効果があるのかもしれない」

学者のごとく饒舌な陸。ダリアのことならなんでも答えてくれそうだ。

「うちのオーナーはね、ダリアだけじゃなくて占いなんかにも詳しいんだ。お客さんに花占いをしてあげることもあるんだよ。よく当たるって評判なんだ」

得意げに和馬が鼻を膨らませる。

花占いもするオシャレなダリア専門店か。さぞかし人気なんだろうな。

正直なところ、店の花瓶に整然と並ぶダリアよりも、福島の農家で土に生えていたダリアのほうが自分の好みには合っている。だけど、ダリアの専門店なんて本当に珍しい。今まで知らなかった情報も、ここにいたら入手できるかもしれない。できることなら働かせてほしいのだが……。

物思いにふけっていたら、「で、太輝くん」と陸に呼ばれた。

「バイト、いつから入れる？」

「雇ってもらえるんですか？」

「うん。前の子が急に辞めちゃって、早く人手が欲しいんだ。君、ダリアに縁がありそうだし、真面目そうでちょっと影のあるところが女性客にウケそうだしね」

「あの、どんな仕事をすればいいんでしょう？」

「花の手入れや掃除、接客、あと配達。肉体労働も多いけどすぐ慣れるよ。なるべく早く来てもらえたら助かる。一応、履歴書は持ってきてね。本当に引っ越す気があるなら和馬が世話してくれるよ。和馬も君と同い年だ。気軽に相談するといい」

「うぃっす」と、和馬が右親指を突き出す。

「オレ、こっから徒歩十五分のコーポに住んでんだけど、そのコーポ、うちの母親が家主なんだ。空き部屋あるから紹介する。ボロいけど安くて住みやすいよ」

「はあ……」

不思議なほどサクサクと話が進んでいく。だけど、何かがうまくいくときは、点と点がスムーズに結ばれていくように繋がるものだと、誰かが言っていた。この流れに身を任せたら、順風満帆とは絶対に言えない自分の人生にも、変化が訪れるかもしれない。

「じゃあ、来月からお願いします」

太輝は、陸と和馬に深々とお辞儀をしたのだった。

店を出る直前に、「魔女」と呼ばれていた少女が持っていた丸いダリアが、ショーケースの中にあるのを見つけた。花瓶に『シルクハット〈フォーマル・デコラティブ咲き〉』とある。滑らかなシルク生地で作られたような、直径八センチほどの愛らしい純白のダリアだ。

あの子も、この店でダリアを買ってるのかもしれないな。

猫のように光ったハシバミ色の瞳が、どうしても脳裏から離れなかった。

✿

「そろそろ水替えしよっか。半分ずつやろう」

「わかりました」

和馬の指示に従って、どっしりとしたスチール製の花瓶をショーケースから取り出す。その花瓶をカウンターの裏に設置されたシンクへと運ぶ。

「ねえ、タメ口でいいよ。オレら同い年だし」

「いえ、歳は同じでも先輩なので」

「太輝くん、真面目だなあ」と、シンクの横で和馬がつぶやく。

実は、同い年だろうが年下だろうが、誰とでも敬語で話すようにしていた。普通に話すと東北訛りが出てしまうかもしれないからだ。敬語とは、訛りを誤魔化すために最適な話し方だと思っている。

とはいえ、福島出身を恥じているのではない。むしろ誇りたいくらいなのだが、東日本大震災以降、心配される機会が異常に増えていた。「福島？ 大変だったね」「実家は大丈夫だった？」などと言われ続けているうちに、答えるのが苦痛になってしまったのだ。そのため今は、なるべく出身地を言わないようにしている。

それに、敬語で謙虚に接していると相手に優越感を与え、警戒心を解いて本音を話してもらえる場合が多いのだと、社会人生活の中で学習もしていた。

つまり自分は、常に素顔を隠して他者と接する、〝嘘つき〟なのだ。

「――でもオレ、太輝くんみたいな真面目くん、嫌いじゃないよ。むしろ好き」

「……え?」

「やだなー、好きに深い意味はないって。花が好きと一緒。オレ、女子のほうが断然好みだから」

鼻歌でも歌い出しそうなほど軽やかに、和馬が次々と花瓶の水替えをしていく。隣の太輝も、まだぎこちないが同様に仕事をする。

丁寧に花を取り出して花瓶を洗う。ぬめりが落ちた瓶に新鮮な水と栄養剤を入れる。くたびれて売れなくなった個体を取り除き、再び花々を瓶に挿す。その瞬間、「気持ちい い」と花にささやかれたような清々しさを覚える。

豪華なイメージの〝フォーマル・デコラティブ咲き〟、まん丸で袋状の花弁がみっちり詰まった〝ボール咲き〟、ボール咲きの小型版で愛らしい〝ポンポン咲き〟など、十種類以上の咲き方があるダリア。色味も大半の色が品種改良で造られており、店内では色とりどりのダリアが三十品種以上も販売されている。

「なんかさ、ダリアの花ってエロいよねー。フォーマル・デコラは特にエロい。真ん中の花弁を触りたくなっちゃうよ」

ニタリと和馬が卑猥に笑う。

「和馬、声がデカい。それに、太輝の前でエロいとか言うなよな。お前の女好きが移ったら困るから」

オーナーの陸が苦笑している。

「んー、ちょっと違うかなあ。オレは女好きというより博愛主義者なんですよ」

「彼女に愛想尽かされないようにな」

「うぃっす」

愛玩犬のようにつぶらな瞳をクルクルと動かす和馬。見た目も言動も今どきのチャラ男だけど、意外なことに面倒見はすこぶるよい。

太輝は和馬の口利きで、彼の母親が大家のコーポに引っ越しを済ませていた。清潔感のあるワンルームの一階角部屋。和馬も同じコーポの二階で、三歳年上の恋人と同棲をしている。いつもかっちりとしたスーツ姿の女性。小学校の教員をしているらしい。和馬とは対照的な、慎ましやかな雰囲気の人だった。

「太輝、だいぶ仕事に慣れてきたみたいだな」

深紅やピンクのダリアでアレンジメントを作っていた陸が、気さくに話しかけてくる。急いで水替えをしながら、「接客以外はどうにかなりそうです」と答えた。

ダリア専門店の仕事は、確かに肉体労働が多かった。

週に二回ほど、早朝にダリア農家から商品が届く。段ボールに入った花たちは重さもそれなりにある。それをトラックから台車に積んでバックヤードに運び、備え付けの大きなシンクに浸す。余計な葉や蕾を手で取り除き、水中で茎の下をカットして水揚げをする。しばらく置いて水を吸い込んだ花を水切りし、種別ごとに花瓶に生けていく。店頭に出さない花は、適温に保たれた冷蔵室に保管する。

開店前に掃除を済ませて、ショーケースに花瓶を並べ、店を開けたら接客をする。和馬は店のアルミバンにダリアを積み、顧客の元へ配達をすることも多い。オーナーの陸は事務作業とアレンジメントを作るのが主な仕事だが、一見の客が来るとカウンターに座らせてダリアの説明をしながら、じっくりと花を選んでもらう。

そんな風に初対面の相手と対話をする行為が、太輝にとっては相当なハードルだった。

接客業自体に慣れていないせいだろう。

「えー、接客が一番楽しいのに。あと、配達ね。ダリアを注文してくれる人って、どういうわけか美女が多いんだよね」

「和馬、無駄話はいいからこのアレンジメント飾って。俺は休憩してくる」

「うぃっす」

水替えを終えた和馬がセロファンで包まれたアレンジメントを受け取り、ガラス棚の一番上に飾る。

「君も美人さんだねえ。いい人にもらわれるといいね」

花に話しかけるという行為も、太輝にはなかなかできない。どうしても気恥ずかしさを覚えてしまう。本当は思い切り話しかけてみたいのだが。

ひと仕事終えた太輝は、和馬とふたりだけになった店内で、「和馬さん、ちょっと質問していいですか?」と声をかけた。

ん? と振り向いた相手に、ずっと気になっていたことを尋ねてみた。

「前に、風変わりな女の子とすれ違ったんです。黒いフードで顔を隠して、シルクハットの花束を抱えてて、髪が腰くらいまである子。心当たりありますか?」

「ああ、きっとミカちゃんだよ。天原《あまはら》巫香《みか》ちゃん。渓谷沿いのマンションに住んでる子。天原家には毎週シルクハットを届けてるから」

「天原巫香……。どっかで聞いたような名前ですね」

「元子役で有名だったからじゃないかな。昔はドラマとかに出てて天才子役とか言われてたけど、なぜか引退しちゃったんだよね。今は十七歳になったのかな。普段は家に引きこもってるから、滅多に会えたりしないんだけどね」

「引きこもってる？　どこか悪いんですか？」

「そういうわけじゃないと思うんだけど……。気になる？」

じっと和馬に見つめられて、小さく頷いてしまった。

「そりゃ気になるよね、元芸能人なんだし。あの子の家はうちの配達先だから、太輝くんにも話しておこっか」

彼は我が意を得たりとばかりに瞳を煌めかせて、カウンターに近寄ってきた。

「天原家には週に一回、五本だけシルクハットを配達してるんだ。オレが高二でバイトに入る前からだから、もう四年以上も届けてるかな。凪《なぎ》さんがいた頃から」

「凪さん？」

「ああ、巫香ちゃんのお母さん。めっちゃエロい人でさー。まさに美熟女。オレ、結構可愛がってもらってたんだけど、二年くらい前に失踪しちゃったんだよね」

「失踪？」

穏やかではない単語が飛び出したので、動揺してしまった。

「凪さん、奔放な人で放浪癖があってさ。そのうち帰ってくると思うんだけど、巫香ちゃんは凪さんがいなくなった頃から引きこもっちゃったんだ。オレが花を届けても、顔を見せなくなっちゃった」

「もしかしてその子、独りで暮らしてるんですか？」

「平日の昼間だけハウスキーパーさんが来てる。巫香ちゃんの元マネージャーだった、八《や》坂鈴女《さかすずめ》さんって人。この店にもたまに寄ってくれるよ。鈴女さん、陸さんの花占いを気に入ってくれてさー」

事情通の和馬が、話をどんどん広げていく。本題に戻してもらおう。

「あの、お母さんがいなくなったから、巫香さんは引きこもったんですか？」

「どうなんだろう？　そこら辺の事情はよくわかんないんだけど、あの子、中学の頃から魔女って呼ばれてたみたいで、高校進学はしなかったんだって」

「魔女……？」

初めて彼女と会った日も、子どもが「魔女」と指差していた。

「そう、可愛い子なのにね。シルクハットを抱えてた理由は知らないけど、巫香ちゃんの魔女についてならちょっとだけ知ってる。ご近所の常連さんたちから聞いた、噂レベルだけどね」

おしゃべりに興が乗った和馬は、さらに詳しく巫香の噂話を始めた。

「あの子、中学校でいじめられてたみたいなんだ。学校の裏サイトに名無しさんたちがいろいろ書いてたらしいよ。元人気子役だったから、やっかみもあったんだろうな。枕営業で仕事をもらってたとか、シングルマザーだった母親が実は売春婦だったとかさ。本人も客を取ってるとか、あることないこと書き込まれてたんだって」

酷すぎる中傷を、和馬がさらりと口にする。

「最低ですね」

静かにつぶやいた太輝だが、内心は胸糞の悪さでムカついていた。

物陰から他者を攻撃する匿名者への怒り。それを軽々しく語る和馬への微《かす》かな嫌悪感。何よりも、和馬の噂話を興味深く聞いている自分自身に腹が立つ。

「だよねえ。あと、近寄ると不幸になるらしい。オレにはよくわかんないし偶然だと思うけど、周囲に自殺者や早死にした人が多いみたいで……」

自殺者？　早死にした人だと？

和馬の不穏な言葉に、胸が激しくざわめく。

しかも、彼女が暮らすマンションの部屋は、南側の窓が板で塞がれているという。

「南の窓を塞ぐなんて気味が悪いでしょ？　それも凪さんがいなくなってからなんだよね。オレも巫香ちゃんが気になるんだけど、外野には何もできないから」

心配そうに言った和馬だが、すぐ笑顔になって重い空気を変えた。

「あー、早く帰ってこないかなあ、凪さん。あの人も昔、グラビアモデルやってたんだよね。巫香ちゃんが小さくて固いポンポン咲きなら、凪さんは成熟しきったフォーマル・デコラ咲き。また会いたいなあ……。あ、いらっしゃいませ！」

男女の客が入ってきたので、話はそこで終わった。

天原巫香の話が気になったので、休憩中にスマートフォンで検索してみた。

三歳でＣＭモデルデビュー。六歳でドラマ初出演。自然な泣きの演技で注目され、十歳で映画祭の最優秀助演女優賞を受賞。将来を嘱望される存在だったが、学業に専念するために十一歳で芸能界を引退。現在は十七歳。

経歴と共に載っていた十歳の頃の写真は、大きな瞳の愛くるしい笑顔と、ノースリーブのミニワンピースから伸びる華奢な手足が印象的だった。黒ずくめで白い花束と金魚の死骸を抱え、『かなりや』の歌を口ずさんでいた「魔女」とは別人のようだ。

母親が失踪し、南側の窓を塞いで引きこもった元人気子役。

一体、彼女に何が起きたのだろうか……。

その巫香と再会したのは、青と白の紫陽花《あじさい》が、可憐な花を開き始めた頃だった。

✿

「そろそろ太輝にも配達してもらおうと思う。今日の午後、三件の配達があるんだけど、頼んでもいいか？」

空が灰色の雲に覆われた日の朝。店内掃除の最中に、陸から言われた。

「もちろんです」

「えー、配達はオレの楽しみなのにー。今日は滝川さんちにも寄れるのにー」

和馬が速攻で文句を垂れる。

「あのなあ、ここはお前の店じゃないだろ。太輝も配達に出たいって言ってたんだよ。俺も早く仕事に慣れてほしいしな。いいから配達先のデータ渡してやって」

陸の指示で、和馬が渋々承諾した。

「まずは、多々木にある神永デザイン事務所。事務のリナさんが可愛いんだ。次は滝川さんってお金持ちのお宅。奥さんの麗子さんも美人だよ。それから、渓谷沿いのマンションにある天原さん家。ここにも可愛い子がいて……って、前に話したからいっか。とにかく、この三カ所に配達する予定なんだ」

「相変わらず、和馬の美人情報はハンパないな」

やや呆れたように陸が言う。

「いやいや、大事っすよ。キレイな花にはキレイな女性が似合うんで」

よくわからない理屈を述べてから、和馬が資料を手渡してきた。

太輝の心臓が小さく音を立てている。

天原。天原巫香の家だ。

「あ、そうだ。滝川の奥さんは、配達に行くとお茶に誘ってくれることがあるんだ。陸さんの意向もあって、なるべく断らないようにしてる。要は顧客サービスね。必要以上の長居は厳禁だけど、もし誘われたら一杯くらいもらってくるといいよ」

そうは言いながらも、和馬は厳しい目つきをする。「断れよ、オレが行くはずだったんだから」と、訴えられているように感じた。

「次があるので、って、お断りしてもいいですか?」

「もちろんだよ、太輝くん。君の自由意志に任せるよ」

頷いた和馬は、やけにうれしそうだった。実にわかりやすい人だ。

「和馬の言う通り、いろんなお客さんがいる。中には話し相手を求める人もいるんだ。つかず離れずの距離感で、うまく対応してほしい。あ、そうだ」

陸がカウンターに置いてあったガラスの小瓶を持ち出した。中に赤い水と数枚の赤い花ビラが入っている。

「ダリア染めの染色液を作ってみたんだ。商品化を考えてる。個人宅に行ったらこのサンプルを見せてくれ。ハンカチとか綿素材のものがよく染まる。もし興味があるようだったら差し上げて。なかったら持って帰ってきていいから」

「了解です」

太輝は陸から、ガラスの小瓶をふたつ預かった。


神永デザイン事務所のリナからビジネスライクな対応をされ、いかにも有閑マダム風だった滝川麗子のお茶の誘いを断って、ようやく天原家へと向かった。

天原巫香が住むレンガ造りの中高層マンションは、北側にエントランスがあり、南側に平置きの駐車場がある。門から敷地内に入って、ゲスト用の駐車スペースにバンを停めさせてもらう。

車から降りると、濃厚な緑の香りが押し寄せてきた。駐車場が渓谷に面しているからだ。落下防止用の高い柵にも蔓《かずら》のような葉が絡み、頭上まで青葉をまとった木々がそびえ立っている。柵から木々の隙間を覗くと、眼下に渓谷の小川が流れていた。川の周囲で人々が森林浴を楽しんでいる。

渓谷を挟んだ向かい側にも、マンションや邸宅が立ち並んでいた。

この界隈は渓谷を庭のように眺められる、多々木でも屈指の高級住宅街なのだ。

車の後方からシルクハットの花束を取り出して、南にバルコニーがついたマンションを見上げる。目指そうとしている五階の角にある天原家は、渓谷を望むはずの南の窓が塞がれているという。

魔女とあだ名される巫香の、端正な顔が浮かんできた。また会えるかな、と思いながらマンションの北側に回り込み、エントランスへと歩み寄る。

集合住宅用のインターホンに部屋番号501を入れて押すと、「はーい、『THE DAHLIA』さんですよね。中へどうぞ」と明るい女性の声がし、オートロックのドアが開いた。吹き抜けのエントランス、床は高級感のある御影石。来客用の革張りソファーの横には、丈の高い観葉植物が大きな葉を伸ばしている。

ホテルのロビーを横切るような感覚で、奥のエレベーターに乗った。五階で下りて絨毯の敷かれた廊下を歩き、角にある天原家の前に立つ。廊下に面した部屋の窓が少しだけ開いており、そこから小さくピアノの音色が漏れている。

『カノン』。ドイツの作曲家、ヨハン・パッヘルベルの有名曲だ。

それは、太輝が福島にいた頃、弟と一緒に弾いた曲でもあった。懐かしくて耳を澄ましたが、副旋律の伴奏だけで、主旋律のメロディーは聴こえてこない。

なんで伴奏だけなんだ？　と不思議に思いながらチャイムを押したら、ピアノの音がプツリと消えた。間もなく、満面に笑みを浮かべた三十代後半くらいの女性が、「君が新人バイトくんね！」と出迎えてくれた。

玄関ホールで緊張気味に花束を渡すと、女性がにこやかに受け取った。

「わたし、八坂鈴女。ここのハウスキーパーみたいなことやってるの。陸さんとはたまにメールをする仲で、今日も連絡もらってたんだ。期待の新人を行かせるって。お会いできてうれしいな」

人の好さを感じさせる、ふっくらとした笑顔。栗色のショートヘアにナチュラルメイク、カジュアルなジーンズ姿の鈴女は、ハウスキーパーのイメージとはかけ離れた女性だった。元は巫香のマネージャーだったと和馬から聞いたが、確かに、家事よりも外勤で走り回るほうが似合いそうだ。

「鏡太輝です。よろしくお願いします。これ、陸さんから預かってきました」

ポケットからガラスの小瓶を取り出す。緊張で手が震えそうになる。

「陸さんが作ったダリア染めの染色液。ご興味があったら、このサンプルを差し上げたいのですが、どうでしょうか？」

滝川家の麗子夫人には速攻で断られたのだが、鈴女は「わあ、キレイな赤だね」と手を伸ばしてきた。

「ハンカチとか、木綿素材の小物はよく染まるそうですよ……あっ！」

渡そうとした太輝の手から、小瓶が滑り落ちた。

御影石の床でガラスが砕け、赤い花ビラと液体が一面に広がっていく。

「す、すみません！」

急いでポケットティッシュを出し、床を掃除しようとした。

「ちょっと待ってて。すぐに片づけるから」

廊下の奥の扉に引っ込んだ鈴女が、ビニール袋や雑巾を持って戻ってきた。

太輝が集めておいた瓶の欠片をビニール袋に入れ、雑巾で床を拭く。

「太輝くん、大丈夫？　ケガとかしなかった？」

「あーっと、大丈夫です。本当にすみませんでした」と言いながら、ガラスの欠片で切ってしまった左小指を隠そうとしたのだが……。

「やだ、大丈夫じゃないじゃない！　血が出てる。手当てするから中に入って！」

「いや、かすり傷だから……」

「手を使う仕事なんだから、ちゃんと消毒しておかないと。遠慮しないでいいから入ってよ。わたしが瓶を取り損ねたんだから。ね？」

「じゃあ、お邪魔します。本当に申し訳ないです」

玄関で汚れたスニーカーを脱ぐと、片方から萎れたダリアの葉が出てきたので靴の奥に押し込んだ。フカフカの来客用スリッパに履き替える。場違いな高級感に萎縮しそうになりながらも、鈴女のあとをついてフローリングの廊下を歩いていく。

突き当たりは、だだっ広いリビングダイニングだった。

右角にグランドピアノが置いてあり、その手前に白いソファーとガラステーブルがセットされている。左側には六人掛けのダイニングテーブル。テーブルの真ん中にある花瓶に生けられているのは、『THE DAHLIA』が届けるシルクハットだ。

南側の窓にはオリーブ色のドレープカーテンがかかり、煌々と灯が点っている。カーテンの隙間から外の光は一切漏れていない。板で窓が塞がれているからだ。

「ソファーに座ってて。救急箱持ってくるから」

はい、と答えて高そうなソファーにそっと座る。ダイニングテーブルの奥に木製の飾り棚があり、何かの写真集や洋書と共に、小さな水槽が置いてあった。

水槽の中で、紅色の金魚がゆったりと泳いでいる。

「……その金魚ね、最初は三匹いたんだって。だけど今は一匹だけになっちゃった。はい、消毒するから手を出して」

太輝の隣に座った鈴女が、素早く指の手当てをしてくれた。

そのあいだ、太輝はずっと水槽を眺めていた。

一匹だけになった金魚。桜並木で巫香が持っていた金魚の死骸は、元々この水槽で泳いでいたのだろう。一緒に抱えていた白いダリアの花束も、うちが配達しているシルクハットに違いない。

「絆創膏も貼っとく。今日は剥がさないで、水仕事は避けるようにしてね」

「ありがとうございます」

「そうだ、丁度キャロットケーキを焼いたところだったの。紅茶かコーヒー、どっちがいい？」

「でも、仕事に戻らないと……」

「いいから少し休んでいきなよ。実はね、陸さんには連絡してあるんだ。新人くんにお茶を出すかもって。ここの家主の娘も呼んでみる。人と話すのが苦手な子だから、来ないかもしれないけどね。紅茶でいいかな？　わたしも飲むから」

「あ、はい」

有無を言わさず休憩していくことになってしまった。

さすがは元マネージャー。全身から面倒見の良さと押しの強さが滲んでいる。それに、巫香と会えるかもしれないという期待感が、太輝をその場に引き留めていた。

鈴女はカウンターキッチンでお茶の支度をしながら、ずっと話をしていた。

二年ほど前から、平日の午後だけここに通っていること。ダリアを定期注文していた家主の天原凪は、しばらく留守にしていること。凪は資産家で、不動産などの財産管理はすべて弁護士に任せてあり、彼女がいないあいだも滞りなく仕事ができること。

ピアノの速弾きのごとくスピーディーに、よくしゃべる人だ。だけど自分にはトークのスキルがないので、しゃべってくれる相手のほうが楽ではある。

「――凪はね、グラビアモデルだったの。十八年前に辞めちゃったんだけど、今もそこに写真集が置いてあるんだ。太輝くんは若いから知らないと思うけど、すごい売れっ子だったんだよ」

ソファー前のガラステーブルに、ティーポットと三つのカップ、ホイップクリームを添えたキャロットケーキの皿を並べながら、鈴女が楽しそうに言った。

「写真集、見てもいいですか？」

「もちろんどうぞ」

飾り棚に行って写真集を眺めた。弾けそうなほどグラマラスな女性が、赤いシフォンのドレスをまとってこちらを見ている。波打つ長い黒髪、挑発的な眼差し、微かに開いた肉厚な唇。日本人離れしたエキゾチックな風貌をしている。

「すごく綺麗な人ですね」

「でしょ。わたしね、凪のマネージャーだったの。凪のひとり娘も子役で活躍してたんだよ。天原巫香って知ってる？」

「テレビで見たことがあります」

本当は本人とすれ違ったことも、噂話を聞いて検索したこともあるのだが、余計なことは言わないでおこう。

「その巫香も、わたしがマネージメントしてたんだ。母と娘、両方面倒見てたってわけ。ふたりが芸能界を引退して、わたしも事務所を辞めたんだけどね。今でも個人マネージャ

―みたいなもんなのよ。巫香の世話をしながら、凪の帰りを待ってるの」

「うちの和馬さんも、凪さんと会いたがってました」

「ああ、和馬くんは凪のファンだったから」

そう言ったとき、鈴女の口元が少し歪んだ。

あくまでも主観なのだが、和馬をよく思っていないように感じた。

「お茶が冷めちゃう。巫香を呼んでくるね」

「……あの、お願いがあるんです」

「なあに？」

「ピアノ。僕も昔習ってたので、懐かしくなっちゃったんです。鍵盤を見てもいいですか？」

まあ、と鈴女が柔らかく目を細める。

「見るだけじゃなくて触ってもいいよ。さっきまで巫香が弾いてたんだけど、いつもはあまり弾かないから。誰かが弾かないとピアノがかわいそうだもんね」

鈴女が出ていったので、太輝はグランドピアノに近寄った。福島を離れてから、ピアノにはほとんど触れていない。どうしても、鍵盤の感触を味わってみたかった。

立ったまま蓋を開ける。黒と白が規則的に並ぶ鍵盤に、指が引き寄せられていく。

ド、ミ、ソ、ド、ミ、ソ、ド――。
右指だけで、左側の白鍵から音を鳴らしていった。久しく奏でていなかったピアノ。今ここで何か曲を弾けと言われても、両指が滑らかには動かないだろう。

――突然、リビングの扉が大きく開いた。

扉に視線を定めると、天原巫香が立っていた。

太輝の心臓が、激しくリズムを刻む。

前に見たときと同じような、黒いフード付きのロングワンピースを着ている。フードを目深に被っているので、目元は見えない。

「あの、勝手に……」

触ってすみません、と言おうとしたのだが、その前に巫香が声を発した。

「そのピアノに触れないで」

それが、彼女の第一声だった。

激高しているわけでも、迷惑そうにしているわけでもない。ただ淡々と、早口でひと言だけ。『かなりや』の歌声よりも、やや低めの声音だ。

「ごめん、巫香。わたしが弾いていいって言っちゃったんだ。こちら、『THE DAHLIA』の新人さんで、鏡太輝くん。ダリアを届けてくれたとき、わたしが瓶を落としてケガさせちゃって。それで、お詫びにお茶に誘ったの」

そんな鈴女の説明など耳に入らないように、巫香は「ピアノに触れないで」と繰り返す。

「すみません、久しぶりのピアノだったんで。ありがとうございました」

素早くピアノから離れる。巫香の態度に、抗えない威厳のようなものを感じた。

「太輝くん、せっかくだからお茶飲んでって。ね？」

鈴女がすがるような目をしている。ここで帰ってしまったら、お互いに気まずさだけが残りそうなので、「いただきます」と白いソファーに腰をかけた。

すると意外なことに、対面に巫香が座った。

フードで目を隠したまま何を話すでもなく、黒いネイルを施した右の中指で、ソファーの肘置きをリズミカルに叩いている。

トントントーン、トーントントントーントントーン――

イヤホンで音楽でも聴いてるのかと思ったが、耳には何もしていない。

「あら、珍しいね。巫香が自発的にお客様の前に座るなんて」

うれしそうな鈴女が、ポットの中身を三人分のカップに注ぐ。ダージリンティーの香りが鼻孔をくすぐる。

「ちょっとぬるくなっちゃった。入れ替えようか」

「いいです。僕、猫舌なんで。いい香りですね。改めて、いただきます」

濃い目の紅茶を一気に飲み、キャロットケーキを頬張る。人参とハチミツの香りがする軽やかな食感のケーキだけど、味はほとんどわからない。

実は、太輝は味覚障害だった。

もう二年以上、何を食べても薄い味しかしない。美味しいと感じたことがない。だけどそれを明かしたくはなかったので、「このケーキ、すごく美味しいです」と、ありきたりな感想を述べておいた。

「ホント？　うれしい」

素直によろこぶ鈴女の目が見られない。せっかくのもてなしを楽しめないことが、後ろめたくなってくる。

「巫香は小食でノーコメントだから、作り甲斐がなかったんだ。太輝くん、食事はどうしてるの？　ひとり暮らしなんでしょ？」

「お店には行かないです。だがら、ほぼ自炊ですね」

しまった、つい「だがら」と言ってしまった。東北訛りが出ないように注意していたのに。

しかし、鈴女は何も気づいていないように話を続ける。

「まだ二十歳なのに偉いねえ。お料理は得意なの？」

「いえ、米を炊いて簡単なおかずで済ませるくらいです」

なにしろ味がほぼしないのだ。凝った料理など作っても意味がない。

「だったら、今度わたしの手料理も食べてほしいな。わたしもひとり暮らしだから、無駄に料理が得意なの。今は巫香しか食べてくれる人がいないからさ。で、どこら辺に住んでるの？」

会話を繋ごうとしてくれているのがわかるので、太輝も即答した。

「和馬さんと同じ多々木のコーポ。隣に深夜までやってる和菓子店があって……」

「知ってる！　あそこの豆大福、美味しいって評判なんだよね」

屈託のない鈴女は、向き合う相手に安心感を与えてくれる女性だった。

一方の巫香は、先ほどから変わらずに太輝の不安感を煽っている。足を組んで右斜めに身体を傾け、無言のままリズムを叩き続けているのだ。

「それ、この子のクセなのよ。ずっとリズム取ってんだよね。気にしないで。——やっぱりわたし、お茶入れ替えてくるね」

鈴女はそう言ってキッチンに向かったが、太輝は気づいていた。

これは単なるリズムではない。法則性のあるリズムを、何度も繰り返している。

トントントーン、トーントントーントントーン、トントン、トントーン、トントーントントン、トーントントーントーントーン、トーントーントーン——

つまりそれは、モールス信号だった。太輝は福島のボーイスカウトで習ったことがある。弟と暗号で会話をしていた時期もあったので、まだ覚えていた。

（うざい　かえれ　うざい　かえれ——）

巫香はそう言い続けていたのだ。

思わず頬を緩めた太輝は、同じように肘置きを右中指で叩き出す。

その瞬間、彼女の指が止まった。

トーントーントーントーン、トントン、トーントントントーン、トントーントントントーントン、トントーントントーンントーン、トーントントーントーントーントーントーントン
（ごめん　かえる）

打ち返した太輝の前で、巫香が弾かれたように顔を上げた。

フードが脱げて、艶やかな栗色の髪に縁どられた素顔が現れる。ハシバミ色の瞳を瞬か

せて、こちらを凝視している。

陶器のように白い肌。小顔で華奢な体つきのせいか、十七歳には見えない。中学生だと言われても信じてしまいそうだ。愛くるしい子役だった頃の面影が、まだどこかに残っている。

「あ……」と巫香が何か言おうとしたとき、鈴女が戻ってきた。

「あれ？ 今この子、しゃべろうとしてたよね？ 太輝くんを見て」

すでに巫香は、口を堅く結んでいた。フードも被り直している。

「やだ、こんなこと初めてなんだよ！ この子が誰かと目を合わせて話そうとするなんて。今までいろんな人を呼んだの。家庭教師とかカウンセラーとか。でも、全員ガン無視。指でリズムを叩いてるだけ。太輝くんだけは違ったみたい。ちょっと奇跡かも！」

鈴女はティーポットを持ったまま破顔している。リズムではなくモールス信号なのだと伝えたくなったが、余計なお世話なのでやめておく。

「そろそろ店に戻ります。ごちそうさまでした」

「え、もう？」と鈴女が残念そうに言う。巫香はピクリとも動かない。

「お茶もケーキも美味しかったです。長居しちゃってすみません」

立ち上がって玄関に向かった太輝に、後ろから鈴女が声をかけてきた。

「ねえ太輝くん、これからも来てくれない？　お茶飲みに。巫香が興味を持った人、本当に初めてなの。だからお願い！」

熱心に頼み込まれたのだが、その巫香から（うざい　かえれ）と言われてしまった手前もあり、「またの機会に寄らせてもらいます」とだけ答えて家を出た。

長い廊下を歩いてエレベーターを待っていたら、後ろから「ねえ」と小さな声がした。振り返ると、フードを脱いだ巫香がすぐそばにいる。

呼吸は少しも乱れていない。いつの間にか、音も立てずに近寄っていたようだ。猫さながらの素早さに意表を突かれ、鼓動がどんどん速まっていく。

「あなた、モールス信号、知ってたんだね」

上目遣いの巫香が、早口で言った。

「……昔、ボーイスカウトで習ったんです」

「だと思った。出身、東北でしょ？　そこのボーイスカウトで習ったんじゃない？」

ズバリ指摘されてしまった。「だがら」を聞き逃さなかったのだろう。

「それがどうかしましたか？」

少しだけ不快感を含ませて、慇懃無礼に返事をする。

「今、わざと敬語を使ってる。出身地のイントネーションを誤魔化すため。自分の本心を隠すため。違う？」

不躾な言い方にムカついた。図星なのも癪に障る。

この生意気な子に敬語なんて使ってやるものか。

「いきなりなんだよ？　勝手に決めつけるなんて失礼じゃないか！」

感情に任せて言い放ってしまったが、相手はピクリとも表情を動かさない。鋭い眼差しをこちらに注ぎ続けている。

……どういうわけか、悪かったのは自分のような気分になってくる。というか、突然リビングでピアノを鳴らして、お茶を飲んだのはこちらなのだ。気分を害して文句を言いにきたのかもしれない。

太輝は小さく咳払いをし、なるべく穏やかな声音を出すように心がけた。

「あのさ、君は僕の出身地を言い当てるために、わざわざ追いかけてきたの？」

「違う。久しぶりに初対面の人と話すから、どう声をかけていいのかわからなくて。変なこと言ってごめんね」

殊勝に謝られて、苛立ちの矛先を失ってしまった。

「それから、うざい、とか打ってごめん。鈴女さんがよくトンチンカンなカウンセラーと話させようとしてたから、信号を叩くクセがついちゃって」

「……別にいいよ。君の時間を邪魔したのは本当だし。長居して悪かった」

素直に告げると、巫香は少しだけ表情を和らげた。

「あたし、敬語とかで仮面を被る人は信用できないんだ。本音で話すあなたのほうがずっといい」

「それはつまり、わざと失礼な発言をして、僕の仮面を剥がしてみたってこと？」

「いい返し方だね。すごくいいと思う」

質問には答えずに、唇の端を蠱惑《こわく》的に上げる。

ハシバミ色の瞳が怪しく光り、目が離せない。

「あなたって頭の回転がすごく良さそう。空気読むのも上手いし、洞察力もありそうだよね。だから、お願いがあるの」

そこでひと息入れてから、彼女は再び口を開いた。

「お願い。あたしの下僕になってくれないかな？」

「はぁ？」

下僕になってほしいだと？　下僕って、召使いとか子分のことだよな？　一体なんなんだよ、これでも僕は君の三つ上だぞ。失礼すぎるだろう。

あまりにも唐突かつ心外すぎる言葉に、開いた口が塞がらない。

「ああ、ごめんなさい。言い方間違えた。今、下僕を操るネトゲやってて……」

はにかんだようにうつむく様子が可憐に見えたので、渋々ながら「許す」と内心でつぶやく。

「改めて言うね。あたしの頼みを聞いてほしいんだ。無理なことは頼まないって約束するから」

顔を上げた巫香は、口元で両手を組んでいる。

「……僕にできることなら、構わないけど」

そう答えるしかなかった。この子の意図がまったくわからない。

「よかった。そう言ってくれると思ってた。早速だけど、最初のお願い。いつもダリアを持ってくる和馬って人と、配達を代わって。あたし、あの人が苦手なの。鈴女さんからお店に連絡してもらうから。ね？」

愛らしく小首を傾げつつも、女王のような威厳を発する巫香。冗談ではなく、魔女に魅入られたような気がしてきた。

最初のお願い、ということは、この先も頼みごとをするつもりなのか？　下僕と口走ったのだから、便利な使いパシリが必要なのかもしれない。どう答えたらいいのか……。

束の間の逡巡を、彼女の「ねえ、お願いしちゃダメかな?」との言葉が遮った。猫のような目の奥の彩光に絡めとられ、すぐさま屈服してしまった。

「わか、りました」

ついまた敬語になってしまったが、一方的に頼まれてパシリになるのは避けたかったので、すぐさま「だけど」と言い添える。

「僕からも頼みがある」

「なに?」

「もし可能なら、配達したときにピアノを触らせてもらえないかな。ほんのちょっとでいいから」

「ピアノ……。なんで?」

「子どもの頃、母親から習ってたんだ。実家にいられなくなってから、ほとんど弾く機会がなかった。すごく懐かしくて」

「なんで実家にいられなくなったの?」

「……家族を亡くしたから」

そう答えた瞬間、巫香の双眸に憐憫《れんびん》が走ったような気がした。

「わかった、交換条件ね。その代わり、これからもあたしの頼みごと、聞いてもらっていい？」

何かにコントロールされているかのように、首が縦に動いてしまった。

「よかった。じゃあ、LINEも交換させて」

巫香はスマートフォンを構えている。太輝もポケットをまさぐり、スマホを取り出した。

「——はい。何かあったら連絡する。明日からよろしくね」

くるりと背を向けて、彼女は部屋に戻っていった。微笑みひとつ残さずに。

太輝もエレベーターに乗ってエントランスを目指す。

とんでもなく変わった子だな。それに、あの威風堂々とした態度。いじめが原因で引きこもったなんて考えられない。もしや、和馬さんのガセ情報だったのか？　そうだ、和馬さんと配達代わるって約束しちゃったんだ。彼が気を悪くしないといいんだけどな。っていうか、鈴女さんも和馬さんをよく思ってなさそうだったぞ。何かあったのか？　こっちからも訊きたいことがあったのに、相手のペースに巻き込まれちゃったじゃないか。

あーもう、あの子のせいで思考が乱れまくりだ！　落ち着け、落ち着くんだ太輝。まずは深呼吸だ。

エントランスの外で深く息を吸い、思い切り吐き出した。

よし、運転にだけ集中しよう。

太輝は考えることを放棄して、駐車場からバンを発進させたのだった。

✿

仕事を終えてコーポの自室に戻り、誰からも連絡のないスマホを開く。先ほど繋がった巫香のLINEを見ると、アイコンがシルクハットの画像になっている。小ぶりでまん丸いダリア。以前、巫香が束で抱えていた純白の花。

ふいに福島のダリア畑が思い起こされ、鈍痛と共に自らの過去が浮かんできた。

太輝が八歳で家族を失ったのは、二〇一一年三月に起きた東日本大震災が引き金だった。福島原発事故。黒い津波。放射能汚染。避難勧告。健康被害。

何度も繰り返し聞いた言葉たち。思い出すだけで胸のどこかに痛みが走る。太輝たちが暮らしていた街は海から遠く、放射能測定でも何も問題が出なかった。それなのに、「福島県に属する街」というだけで人が来なくなってしまったのだ。

旅館の空室が続き、賑やかだった日常が静まり返るようになった。両親はどうにか苦境から脱するために、方々を駆けずり回っていた。

ある大雨の夜。両親が自家用車で栃木の叔父を訪ねた帰り道。山道でハンドルを切り損ねて、車は崖から墜落。ふたりは永遠に帰らぬ人となった。

あとで知ったのだが、叔父には事業資金の工面を頼みに行っていたらしい。

「心労が溜まってたんだろうね。うちもあまり協力できなくてさ……。まさか、うちに来たあとで事故を起こすなんてなあ」

父の弟だった叔父は責任を感じていたのか、葬儀や遺された旅館の後始末をすべて取り仕切ってくれた。何が起きていたのかよく理解できていなかった太輝は、弟と震えながら肩を寄せ合っていた。

当時の記憶はぼんやりとしている。いろんな人に慰められ、励まされ、勇気づけられたのだが、誰が何を言ったのかまるで記憶にない。悲しいとか悔しいとか恐ろしいとか、普通だったら感じたはずの情動すらも、心が麻痺していたかのように感じなかった。涙すら出てこなかった。

弟とふたりで慟哭したのは、父と母の骨をクジラの森に埋めたときだ。

葬儀の骨上げの際に、ふたりでこっそりポケットに忍ばせておいた骨の欠片。

自分は父の分、弟は母の分。それを埋めて赤いダリアの墓標を挿した瞬間、もう取り返せない両親との時間が蘇り、弟と抱き合って泣きじゃくった。

「……これからは兄ちゃんが守る。お父さんとお母さんの代わりになる。だから、もう悲しまないで」

言いながらまた涙すると、弟も泣きながらすがりついてきた。

「お、お兄ちゃんはいなくならないよね？　一緒にいるよね？」

「当たり前だろ。きっと僕たちは、生まれる前からふたりでひとりだったんだ」

「双子だから？」

「そう。ふたりでいれば完璧なんだ。何も怖くない。ずっと一緒にいるって約束するよ」

嗚咽を漏らす弟と指切りをしながら、太輝は幼心に誓ったのだ。

この先、何があっても弟を守り抜くと。

ほどなく、太輝は高熱を出して入院することになった。原因不明で、「心的ストレスのせいでしょう」としか医者は診断できなかったらしい。退院した太輝は、そのまま叔父の家に引き取られた。福島との県境沿いにある栃木の街だ。

当然、弟と一緒だと思っていたのだが、太輝ひとりだけだった。

弟は、亡き父母の知り合いが引き取ったのだと、叔父から聞かされた。

「知り合いって誰？　どこに住んでるの？　弟に会わせてよっ！」

「すまん。そこの旦那さんはお医者さんでな。仕事でイギリスに行っちゃったんだ。だから叔父さんも連絡できないんだよ。本当にすまない」

幾度尋ねても、叔父はそれしか言わなかった。

怒りを覚えた。全身が燃えるような、体内でマグマがたぎっているような、生まれて初めて感じた激しすぎる怒りだった。

「返せよっ！　返せよっ！　僕の家族を返せよ――――っ！」

烈火のごとく泣き喚く自分を、途方に暮れたような表情で叔父が見ていた。

たとえ引き取り手が現れなくても、どこかの施設に入ったとしても、弟が一緒なら大丈夫だった。頑張れるはずだった。ずっと一緒にいる、守ってやると約束もした。それなのに、別れの言葉ひとつ交わせずに引き裂かれてしまったのだ。

魂の半分を無理やりもぎ取られたかのような、とてつもない怒りと痛みと嘆き。そのあとに現れたのは、海溝のごとく深い絶望感だった。どんな選択肢も与えられない自分の幼さと無力さを、ただ呪うことしかできずにいた。

それ以来、ベルトコンベヤーに乗って運ばれる加工物のように、何事にも抗えないまま栃木で暮らした。小さな雑貨店を営んでいた独身の叔父は、酒を呑むと暴れる人で、太輝はよく罵倒されて折檻を受けた。「お前なんて引き取りたくなかったんだよ！　この金食い虫が！」などと叫びながら、何度も蹴りを入れてくる。そのため、痣だらけで痛む身体を抱えて、眠れない夜を幾度も過ごしたものだ。

誰も助けてくれなかったし、自分から助けを求めようともしなかった。酒さえ抜けてしまえば叔父は正気に戻るので、ひたすら暴力の嵐がすぎるまで耐え続けた。酔って吐き出す叔父の本音は重く受け止め、なるべく世話をかけないように新聞配達のアルバイトをしながら、栃木の夜間高校を卒業した。

高校を出て選択肢が増えた途端、逃げるように叔父の家を離れ、仕事場に近い川崎でひとり暮らしを始めた。生きるのに必死すぎて将来の夢などあるはずもなく、夜間高校の同級生から「稼げる仕事がある」と聞いて産業廃棄物運搬ドライバーの仕事を選び、二年間ほど従事した。

仕事内容は単純明快だ。主に工事現場に向かい、重い廃棄物を回収してトラックに詰め込み、指定された処理場に運ぶ。ときには、廃棄物を焼却炉に投げ入れたり、処理場の一角に埋める手伝いもする。

だけどそれは、想像以上にきつい仕事だった。朝は早いし、髪やら爪やらにゴミの臭いが染みつくし、荷物の運搬作業で身体中が痛み続ける。休みの日は、それこそ泥のように眠りをむさぼるだけ。それでも、肉体を酷使する労働は思考が止まるのでありがたかった。暇にしているとネガティブな考えが洪水のように溢れてきて、その渦に飲み込まれそうになるからだ。

廃品の回収現場も処理場も、その都度変わった。

実は、反社会的勢力が関係する闇仕事もあったと知ったのは、仕事を始めて半年以上経ったあとだった。それなりに稼げたのだが、自分が何を処理場に運んで埋めたのか、皆目わからないことも多々ある。

先輩のひとりから、「危険な放射性廃棄物を埋める場所もあるよ。もちろん違法だけど」と聞いたこともあった。

そんな仕事に嫌気が差し、辞めたのがふた月ほど前。次に何をしようか情報収集をしていたら、思い出の花・ダリアの専門店が多々木町にあると知った。居ても立っても居られなくなり、すぐさま『THE DAHLIA』へと足を運んだのである。

実は、あの店に行ったのは初めてではない。何度か様子を窺って観察し、ここならばと決意を固めた結果、アルバイトとして雇ってもらえたのだ。

そして、天原巫香という不思議な少女と出会い、奇妙な形で繋がった。これから先、彼女が自分に何を頼もうとしているのか想像もつかない。

「あの子は、魔女というより小悪魔だな」

つい独り言をつぶやいてしまう。

「そうだね、お兄ちゃん」と、遠くから返事が聞こえた気がした。

そんなこと、あるわけがないのに。我ながらイカれてるよな。

自虐的に笑みを浮かべてから、太輝は寝支度を始めた。

そうだ、スマホでピアノ練習アプリをダウンロードしよう、などと考えながら。

✿

巫香と約束してから、天原家の配達は太輝が請け負うことになった。

陸からその旨が伝えられたとき、和馬は即座に不満を口にした。

「なんだよ、なんで太輝くんなんだよ。あの家はオレがずっと配達してたのに。凪さんが戻ってきてないかチェックしてたのにさ。巫香ちゃんも心配だったから、たまに差し入れとかもしてたんだよ。なのにチェンジするなんて酷いじゃないか」

恨みがましく愚痴る和馬。彼は天原家に執着しているようだ。

「しょうがないだろう、鈴女さんから連絡があったんだから。巫香ちゃんが望んだようだった。和馬、あの家でなんかやらかしたんじゃないか?」

陸から問われて、和馬は黙ってしまった。

「……もういいです。でも、ほかの配達は今まで通りオレにやらせてくださいよ」

「もちろんだ。天原さんの家は近いから、太輝には歩きで行ってもらう。バンはこれまでと同じように和馬が使ってくれ」

「うっす」と、やや不機嫌そうに和馬が返事をする。

「あの、和馬さん」

「なんだよ」

「滝川の麗子さんは、僕なんて相手にしてくれませんでした。和馬くんによろしくって言われちゃいました。神永デザイン事務所のリナさんも、和馬さんを待ってたみたいだったし、僕じゃ駄目なお客様が多いんですね。さすがだなって思いました」

「……まあ、配達してから長いしね。営業力には自信あるし」

「僕は営業が苦手なんです。接客も精一杯。だから、和馬さんに頼らせてもらうかも。これからもよろしくお願いします」

「そのうち慣れるよ。オレが背中で教える。なんてね」

和馬に笑顔が戻ってきたので、太輝は胸を撫で下ろす。

この人が単純でコントロールしやすい性格でよかった……。

今のやり取りを腕組みしながら聞いていた陸が、小さく咳払いをした。

「さて、今日は結婚式の装花だ。そろそろレストランに行かないとな。俺は花嫁のブーケと髪飾り、花婿のコサージュ、それから、新郎新婦が座るメインテーブルの装花をやる。和馬にはゲストテーブルの装花を任せたい」

「え？　オレがやっていいんすか？」

「見本は俺が作るから、そのあとは頼む。ジューンブライドだから、爽やかにパープルのダリアをメインにして、ピンクと白をサブに使う。和馬は熱心に装花の練習をしてたからな。そろそろ手伝ってもらおうかと思ってたんだ」

「マジすか、やった！　じゃあオレ、花をバンに積んできますね」

張り切り出した和馬は、弾むような足取りでバックヤードに入っていった。

それを見て苦笑した陸が、太輝に視線を移す。

「あいつさ、ちょっと軽薄なところがあるけど、根はいいヤツなんだよ。仕事も頑張ってる。太輝なら和馬とうまくやれるって、信じてるから」

「はい。僕も努力します」

「頼むな。太輝には今日一日、店番をしてもらう。五時になったら早仕舞いして、天原家にシルクハットを届けてくれ。鈴女さんは、いつも七時頃まであの家にいるはずだ」

「わかりました」

天原家に行けば巫香に会えて、ピアノが弾けるかもしれない。

太輝は自分が思っている以上に、天原家への配達を心待ちにしていた。


茶の包装紙で包んだ五本のシルクハットを抱えて、渓谷沿いのマンションに徒歩で向かった。通勤帰りのＯＬたちが、太輝を横目で見ていく。洒落た花束を持って歩いていることが、気恥ずかしくもあり誇らしくもある。

エントランスに歩み寄ろうとしたら、ガラス扉の前から女の子が歩いてきた……のだが、違和感が拭えずに何度も盗み見してしまった。

金髪のウエーブヘア。大きなサングラスと艶々の唇。赤いバッグを肩にかけたゼブラ柄のトップスは、ヘソが見えそうなほど丈が短い。前がぱっくり開いた赤いタイトスカートからは、長い素足が覗いている。厚底サンダルを器用に動かしながら、足早に去っていく。深紅のネイルを施した右手で金髪をかき上げたので、シトラス系の香水が匂ってきた。年齢は不詳だが、二十歳前後といったところか。

もう死語かもしれないけど、ギャルと呼びたくなる女の子だった。

いろんな人が住んでるんだな、としか思わずにインターホンで501号室を押そうとしたら、またもや違和感しかないものが目に飛び込んできた。

ガラス扉の横の壁に、五枚のチラシが貼られていたのだ。


『淫乱女が住む501号室』

『天原家は呪われた家だ！』

『妖気を放つ魔女の住み家』

『陰湿な魔女・天原巫香を追い出せ！』

『大変な事件が起きるぞ！』


真っ赤なペン字で一枚ずつ記された、おぞましい文字の羅列。

太輝は周囲を見回した。幸いなことに誰もいない。壁から一枚だけチラシを剝がしてみた。四隅にセロハンテープが貼られている。A4サイズの用紙から、ほのかに香水の匂いがした。シトラス系の香水だ。

——間違いない。さっきのギャルの仕業だ。

巫香がいじめられていたという和馬の噂話が、急に真実味を帯びてくる。お節介だとは思いながらも、何かの証拠になるかもしれないと、スマホを取り出して五枚のチラシを撮影した。そのままにしておくのも忍びないので、すべて剝がして天原家に持っていく。

玄関で出迎えた鈴女にチラシを渡すと、瞬時に笑顔が消えた。

「また貼られてたんだ。もう何度もやられてんのよ、くだらない中傷チラシ。このマンション、午前中しか管理人さんがいないからさ、やられっぱなしなの」

「巫香さんは知ってるんですか?」

「知ってる。何回かわたしが剝がして見せたから。だけど、無視するとしか言わないの。チラシが貼られたくらいじゃ警察は動かないからって」

「実は、もしかしたらって思った女の子がマンションの前にいたんです。金髪でサングラスをした派手な子。巫香さんの知り合いですかね?」

「わからない。マンション内で金髪の女の子なんて見たことないし、ここの住民じゃないとは思うんだけど……。前に、監視カメラで犯人を調べてもらえば? って言ってみたんだけど、巫香自身が相手にしないからさ。黙って処分するしかないんだよね」

急に音もなく廊下の右手前にある扉が開き、巫香が顔を出した。

「全部聞こえた。それ見せて」

今日の巫香は、紺色のフードつきロングワンピースを着ている。先日の黒と色違いのようだ。浅く被ったフードの下で、大きな瞳を瞬かせている。

「見ないほうがいいよ。こんないたずら書きみたいなもん、すぐ捨てちゃうから」

「大丈夫。何を見ても驚かない。もう慣れてるから」

表情もなく静かに近づいた巫香は、鈴女からチラシを受け取り、一瞥して口の端を微かに上下させた。笑ったのかどうか判断できないほど、ほんの微かに。

意外な反応だった。こんな中傷チラシなのに、どこか楽しんでいるように見える。本当に変わった子だ。

「鈴女さん、今日はこの人にピアノを弾いてもらう」

チラシを手にした巫香が、ポーカーフェイスのまま言った。

「え、え、ホントに？　巫香が太輝くんにピアノを？」

「そう。弾きたいみたいだから」

「すみません、お邪魔させてください」

お辞儀をしたら、鈴女が「もちろんだよ！」と素早くスリッパを用意してくれた。

「やだもう、こんな奇跡が本当に起きるなんて……」

鈴女は涙ぐんでいる。こんなことで泣くほどよろこぶなんて、などとは思わない。それだけ鈴女は巫香を大事に想っているのだ。こんな些細な他人との触れ合いさえ、これまでの巫香にはなかったのだろう。

「太輝くん！　よかったら夕飯も食べてって。すぐ用意するから！」

「いや、それはいいです」

速攻で断ったのだが、脱兎のごとく鈴女はリビングへと走った。

「ねえ、パッヘルベルの『カノン』って弾ける？　ニ長調じゃなくてハ長調版」

目を合わさずに、巫香が尋ねてくる。

「たぶん」と答えたが、実はアプリで少しだけ練習してあった。

「一緒に弾いて」

それだけ言ってから、彼女はチラシをクシャッと丸めてリビングへ向かった。

中傷チラシのことは気になったが、どうしてもピアノに意識がいってしまう。

太輝は、はやりそうになる胸を抑えつけて、巫香のあとに続いた。

リビングに入ると、巫香はフードを脱いでピアノに直行した。

横に長い椅子の左端に座り、左手で鍵盤を鳴らす。

ドミソ（C）・ソシレ（G）・ラドミ（Am）・ミソシ（Em）・ファラド（F）・ドミソ（C）・ファラド（F）・ソシレ（G）――と、美しい和音を繰り返している。

これは、俗に「カノン進行」と呼ばれるヨハン・パッヘルベル『カノン』のコード進行だ。カノンとは、〝複数の同じメロディーをずらして演奏する技法や様式〟を意味する音楽用語でもある。この、日本のポップスでも多用される心地良いコード進行に、軽やかながらどこか荘厳な響きを持つ主旋律が重なり、『カノン』というドラマティックな楽曲が形成されていくのだが……。

巫香が弾くのは、やはり副旋律の伴奏だけだった。

「いつもこうなの。左で伴奏しか弾かないのよ。右手だって使えるのに」

鈴女が近寄ってきて、残念そうにつぶやく。

キッチンから、シチューを煮込んでいるような香りが漂っている。

何度も繰り返されるカノン進行。どことなく郷愁を誘う音色。早く主旋律も弾いてほしい。メロディーと伴奏が美しく融合した、完全なる『カノン』が聴きたい。

太輝はこらえ切れなくなり、熱心に左手を動かす巫香の右隣に座った。

譜面台に立ててある楽譜に目を走らせ、右手で軽く主旋律を弾き始める。

ド・ミ・ソ・ファ・ミ・ド・ミ・レ・ド・ド・ラ・ド・ソ・ファ・ラ・ソ・ファ――

指が止まらなくなった。夢中で音を奏で続ける。

何度も何度も弾き込んだメロディーが、記憶の底から淀みなく溢れ出てくる。こんなにも指が曲を覚えていたことに、驚きと感動がこみ上げる。

やがて、高らかによろこびを歌い上げていくようなサビへと差しかかった。

ソ・ミファソ・ミファソ・ソラシドレミファ・ミ・ドレミ・ミファソラソファソミファソ・ファ・ラソファ・ミレミレドレミファソラ・ファ・ラソラ・シド・ソラシドレミファソ――

気づけば笑みさえ浮かべていた。左隣の巫香も、ひたすら伴奏を続けている。

演奏は対話だ。言葉など交わさなくても、音を合わせるだけで意思の疎通ができる。

――楽しい。ただ純粋に楽しい。ふたりで紡ぐ音の束に、心がとろけていく。

次第に太輝の意識が、遥か昔の子ども時代へと飛んでいく――。

あの頃は、弟が主旋律のメロディー担当、自分は副旋律の伴奏担当だった。ふたりとも両手で演奏できたのだが、連弾するのが楽しかった。この『カノン』は、兄弟のお気に入り曲のひとつだ。旅館の離れのリビングで、ふたり並んでピアノを弾く。ズレたりミスすることも多かったけど、上手く合わさったときは、何物にも代えがたい快感が味わえる。

「もう一度やろうよ」と弟がアンコールをせがむ。

「あと一回だけな」と答えて弾き始めると、母親が後ろから声をかけてくる。

「お昼できてるよ。早く食べちゃって。お父さん、先に食べて行っちゃったよ」

はーい、と返事をしながらも、腹を満たすより音で心を満たしていたかった。

窓の外から、福島の澄んだ空気が流れ込んでくる。

遠いクジラの森から、木々のざわめきが聴こえてくる。

懐かしの故郷。追憶の日々。二度と会えない家族の笑顔。

ピアノの音色が、幸せだった頃の情景を鮮明に呼び起こす。


やがて、つたないながらも演奏が終了し、現実へと引き戻された。

まさか、ここで連弾ができるとは思ってもいなかった。

一緒に弾いてくれた巫香への、感謝の想いが押し寄せる。

お礼を述べようとして左側を窺った。巫香は右手で髪を右の耳にかけている。甘いシャンプーの香りがして、ギャルの香水より断然いいな、と場に相応しくない感想を抱いたとき、彼女の右袖が一瞬だけめくれた。

——息を呑みそうになった。

右腕の手首から肘にかけて、ケロイド状の火傷痕があったからだ。

太輝は急いで目を逸らし、何も見なかった振りをした。

「すごい！　この家で初めてちゃんと『カノン』を聴いたよ。なんか、ものすごい感動。巫香、よかったね、メロディーが弾ける人と出会えて」

手を叩きながらまた鈴女が涙ぐむ。水槽でゆるゆると泳ぐ一匹だけの金魚も、心なしかうれしそうに見える。

だが、巫香はフードを被ってピアノの蓋を閉め、ソファーに座ってリズムを叩き始めた。いや、リズムではなくモールス信号だ。

（かえっていいよ）

「これで失礼します。ピアノが弾けて楽しかったです。ありがとうございました」

「えー、まだお茶も出してないのに。今、シチューを作ってるの。パンもわたしの手作りなんだ。巫香は小食だから、いつも余っちゃうのよ。太輝くんに食べてってほしいな。ねえ、巫香も太輝くんともっと話したいでしょ？」

しかし巫香はそっぽを向いたまま、（またね）と信号を送ってくる。

この子の命令には逆らえない。太輝は「お気持ちだけいただきます」とだけ答え、家庭的な料理の香りに背を向けた。

✿

ワンルームの部屋に帰り、カップ麺に熱湯を注ぐ。麺がふやけるあいだに、天原家で起きたことを思い返す。

巫香の火傷の痕には驚いたが、右手の動きに支障があるわけではなさそうだった。なのに主旋律を弾かないということは、片手で伴奏しか弾けないピアノ初心者なのか、それとも、何かの理由があってそうしているのか。

そういえば、ネットで見た子役時代の巫香には、火傷の痕など一切なかった。ノースリーブから伸びた白い腕。あれは十歳のときの画像だ。ということは、そのあとに火傷をするような何かが起きたのだと思われる。

魔女、と呼ばれる謎だらけの巫香。中傷チラシに動じないどころか微かな笑みを見せ、何かの呪いにかけられたかのように引きこもり生活を送りながらも、下僕になれなどと口走る女王のような風格を持つ少女。

もっと彼女のことが知りたい。これまで何を見て、何を感じてきたのか知りたい。たとえそれが、パンドラの箱を開けるかのような、危険な行為だとしても。

思索が止まらなくなり、いつの間にか太輝は自らのパンドラの箱を開けていた。

——弟。月人《つきと》のことだ。

八歳のときに離れ離れになった、二卵性双生児の弟・月人。無情に引き裂かれた魂の片割れ。叔父はイギリスに行ったとしか教えてくれなかった。

だが、太輝が高校一年生の秋。ネットニュースで弟の名前を発見した。

全国ピアノコンクールで、銀賞を受賞したというニュースだ。

「須佐野《すさの》月人」。苗字は違っていたが写真が掲載されており、高校生になった弟が晴れやかな表情で賞状を持っていた。飛び上がるくらいうれしくて、叫びたくなったほど誇らしかった。しかも、ニュースには月人の通う高校名まで記載されていた。高い東京大学合格率で知られる都内の名門私立高校。それから太輝は、その高校で弟を探すようになった。

栃木から東京に行くのは結構な負担だったが、学校を休んで足繁く通い、校門の前で生徒に声をかけ、須佐野月人を探しまくる。空振りばかりだったが、七回目でやっとヒットした。紺ブレザーの制服を着た月人が、やけに大人びて見えた。

「月人？」と声をかけたとき、彼は驚愕の表情を浮かべたあと、「お兄ちゃん！」と昔と同じように呼んでくれた。ふたりで再会をよろこび合った。駅前のファミレスに入って、何時間も話をした。

月人は、夫が都内で外科医をしている須佐野家に引き取られていた。太輝たちの両親が福島で旅館をやっていた頃の常連客で、その夫婦には子どもがいなかった。幼少期から太輝と月人を見ていた夫婦は両親の他界を知り、闊達で賢そうな弟を選んでいったらしい。しばらくイギリスにいたのだが、月人の高校進学に合わせて帰国したという。

弟は養父たちの期待に精一杯応え、東大の医学部を目指していた。

「本当はピアニストに憧れてたんだけど、それは趣味にする。須佐野の父が東大卒だから、僕も東大に入りたいんだ。僕は、早く大人になって自分の理想の世界を創りたい。誰かや何かに邪魔されて、理不尽な目に遭うのはもう嫌なんだ」

眩しいほどの、ひたむきな眼差し。生まれながらの良家の子息だと信じてしまいそうな、気高く凛とした風貌。見違えるようになった月人がしっかりと目標を定めていたので、心底安堵した。栃木の勤労学生で大学進学は諦めていた太輝にとって、月人の存在は希望の光そのものだった。

「僕が養子だってことは誰にも口外しないって、須佐野の両親と約束してるんだ。だから申し訳ないんだけど、僕に双子の兄がいて今も会ってることは、ふたりだけの秘密にしたい。いいかな？」

「わかった。僕も月人のことは誰にも言わないよ。こうしてふたりでいても、双子だって思う人はいないはずだ。僕らは二卵性で、顔も体型も全然似てないからね」

そう決めて以来、互いの家には内緒で連絡を取るようになった。携帯電話でメールをしたり、夜中に長電話をしたり、ときには自分が上京して会うこともあった。ファミレスで会うと月人は必ずパフェを頼み、「甘いものは頭の回転に効くんだ」と、照れ笑いをしていたものだ。

月人は、よく近況報告をしてくれた。

勉強の息抜きでネットゲームを始めた。近所の女の子と仲良くなった。その彼女と観た話題の映画が大して面白くなかった。花火大会で川沿いの屋台を梯子してたら、人垣で肝心の花火を見損ねた。スイーツバイキングに誘われて付き合ったけど、食べすぎの胸やけで寝込んでしまった。

そんな他愛のない日常話は、やがて、深刻な悩みの告白になっていった。

学校と医学部系学習塾との行き来で、遊ぶ時間がなくなった。ライバルばかりで本音を話せる同級生がいない。実は、思うように成績が上がらずに、養父たちの期待が重荷になっている……。

「だけど、須佐野の父は僕に大金を投資してくれてるから。学費やら養育費やらね。その投資に見合う成長をしないと、僕は居場所がなくなるからさ」

大人びた物言いで本音を吐露する月人に、どんな言葉をかけていいのかわからなかった。彼は養父たちが敷いたレールを必死で走り、プレッシャーと闘いながら孤独にゴールを目指していたのだ。


高三になってから、月人からの連絡が途絶えがちになった。受験勉強に専念しているのだと思っていた。だが、クリスマス前のある晩、珍しく電話をかけてきた月人は、明らかに様子がおかしかった。

『昔さ、質問したことがあるよね。僕がトカゲを踏もうとして止められたとき、「なんで植物はよくて動物は殺したらダメなの」って。覚えてる?』

「覚えてるよ」

『あのときの答えがわかったよ。人間は霊長類の長とされているから、何を殺して何を生かすのか決めていいんだ。自分が食べたり鑑賞する植物は殺すし、害があるとみなした虫や動物も平気で殺す。トカゲだって、ペットとして生かす人もいれば、遊び半分で殺すヤツもいる。ときには戦争を理由に同種だって殺す。生まれる前の命を中絶で摘み取る人もいる。すべては、人間の勝手な都合にすぎないんだよ』

「どうしたんだよ、いきなり。月人らしくないな」

『らしくないって、僕の一面だけを見て美化してるだけなんじゃないかな。人は多面的なんだよ。僕は、遊びのためにトカゲを殺せる。医学のためなら動物実験だって厭わないだろう。命は平等じゃないし、この世は理不尽だ。勝手に命を摂取して犠牲にして生きてるくせに、どんな命も大切にしろだなんて、キレイごとだって思わない？』

月人は荒立っていた。命を軽々しく扱う人々への憤怒と、所詮自分も同じだという自責の念が、せめぎ合っているように受け取れた。あの頃から、弟には何らかの変調があったのだと思われる。だが、当時の太輝には無難な対応しかできなかった。

「僕を責めてるのか？　だったら謝るよ。ごめんな」

『……そんなつもりじゃなかった。受験勉強のせいで疲れてるんだと思う。本当に疲れた。正直、逃げたくなってくるよ……』

「大丈夫か？　僕にできることがあったら言ってくれ」

『ありがとう。心配かけて本当にごめん。また連絡する』

それが、月人との最後の会話だった。

メールがパッタリと来なくなり、電話もずっと直留守のまま。高校が冬休みになっても連絡が取れない。年が明けて正月になっても。

不吉な予感がした。弟が心配で何も手につかなくなった。

それは、双子ならではの勘だったのかもしれない。

冬休み最後の一月七日。太輝は弟が住むマンションへ向かった。

遠目で見えたのは、そのマンションの六階の部屋から、月人が身を乗り出しているところだった。

——まさか、飛び降りようとしてる⁉

「月人！　おい、月人————っ！」

走りながら叫んだ。喉から血が噴き出しそうなくらい、何度も何度も。

だけど、弟は自分に気づかなかった。間に合わなかった。

次に見たのは、冷たいアスファルトを目がけて落ちていく月人。

遠くでグシャリと音がし、手足が不自然な形のまま動かなくなった姿。

頭のほうから広がっていく真っ赤な鮮血。

直後に聞こえたのは、目撃者たちの悲鳴や叫び声。

しばらく経ってから、救急車やパトカーのサイレン音。

大げさではなく視界が黒で覆われ、その場に崩れ落ちて立てなくなった。胃に痙攣と激痛が押し寄せる。中のものを全部吐き出しても、痛みはしばらく治まらなかった。

それからどうやって栃木まで帰ったのか、まったく覚えていない。覚えているのは、その頃を境に食べ物の味がよくわからなくなったことくらいだ。

――受験ノイローゼによる自殺だと、警察は判断したらしい。

月人が自ら命を絶ってしまった。自分には何も言わずに、自分の目の前で。

人生で二度目の、底なしの絶望――。

太輝は何もかもがどうでもよくなり、弟の死から目を背けた。頭に浮かび続ける「なぜ？」を無視して、考えることを放棄したのだ。

須佐野家で家族葬が執り行われたようだが、参列したいとは思わなかった。どこに埋葬されたのかも知らないままでいる。そもそも、自分と月人が兄弟であることは他言しない約束だったので、誰にも何も言わずに孤独をこじらせていった。

いっそのこと自分も消えてしまえたら楽だと思ったが、消え去る勇気すら持ち合わせておらず、絶望しながらも味のない飯を食って生きる毎日がただ虚しかった。

それから間もなく、須佐野家はマンションを売り払って引っ越しをした。またイギリスに戻ったようだ。今どんな風に暮らしているのか、また養子を迎えたのか、わからないし知りたくもない。知ってしまったら、弟に受験戦争の苦難を与えて自死へと追いやった養父たちを、憎悪する気持ちが育っていきそうだったから。

空虚な心を埋める手段がわからないまま夜間高校を卒業し、弟のことを考えないで済むように、ただがむしゃらに働いてきた。夢も希望もないまま。

だけど……。

今は違う。いろいろと知りたいことや、目標と呼べるものができたからだ。

好奇心や探求心は人の生きる糧になるのだと、改めて実感している。

当面の目標は、「天原巫香に近づくこと」だった。

なぜなら、月人が「仲良くなった女の子」にはもっと詳しい情報があり、それが巫香のプロフィールと合致したからだ。

月人は高二の夏頃、うれしそうにこう言っていた。

「近所の女の子と仲良くなったんだ。初めてできた彼女ってやつ。しかもさ、三つ下の中学二年生なんだよね。ネトゲとか映画とかピアノとか、めっちゃ趣味が合うんだ。ダリアも好きみたいで、彼女のお母さんが近くの花屋からダリアを買ってるんだって。結構高いらしいよ。信じられないだろ？　僕らはダリアなんてタダでもらってたんだから」

月人は多々木町に住んでいた。天原家の南側、渓谷を挟んで建つマンションだ。太輝がこの街に引っ越してきた本当の理由は、月人をよく知るはずの「彼女」を探し、弟に何が起きたのか、なぜ自殺を図ったのか、調べるためだった。

初めは、そんな探偵のような行為をする気など毛頭なかった。

だが、産業廃棄物ドライバーを辞めた頃、スマホを新機種に替えようといじっていたら、迷惑メールのフォルダに月人のメッセージが紛れ込んでいたのを発見した。なぜか、そのメールだけスパム扱いされていたのだ。

日付は弟が死亡する四日前の一月三日。内容もはっきりと覚えている。

〈彼女とのことで大至急相談したいです。大変なことをしてしまって、誰にも話せなくて悩んでます。勉強の邪魔だって親にスマホを没収されてるので、とりあえずＰＣにメールをください。できれば会って話したいです〉

脳天をカチ割られたような衝撃を覚えた。

月人は助けを求めていたのに、自分は応えてやれなかったのだ。

あれが迷惑メールに分類されていなければ、すぐ連絡ができたのに。

自分と話せてさえいれば、月人は死なずに済んだかもしれないのに。

自殺の理由は受験にあると思い込んでいたが、そうではなかったのかもしれない。

彼女とのことで相談したかったこととは、一体なんだったのだろう？

してしまった大変なこと、誰にも話せなかった月人の悩みごととは？

そもそも、なぜ大変な悩みを抱えていたことに気づいてやれなかったのか。

自分なら助けてやれたかもしれないのに。

子どもの頃、「何があっても弟を守り抜く」と誓ったのに――。

何度も虚しい自問自答を繰り返した。今さらどうしようもないのに、ふとした瞬間に思い出しては、暗闇の迷路でもがくような感覚に陥る。その迷路から抜け出すために、真実を知りたいと切に願い、月人が「彼女」と呼んでいた女の子を探そうと決意したのである。

『THE DAHLIA』でアルバイトを始めたのも、あの店から彼女の家にダリアが届いていたのではないかと、推測していたからだ。

巫香が魔女と呼ばれて引きこもっていたことは、和馬からの情報で初めて知った。その巫香が本当に弟の彼女だったのか、どうしても確認したかった。だから、天原家へ配達で訪れることができた日、鈴女の前で小瓶をわざと落としてみたのだ。部屋の中に入るきっかけを作りたかったから。

左の小指を切ってしまったのは想定外だったけど、想像以上にうまくいった。結果として、巫香に近づくことができた。あのとき天原家に入れなかったら、別の手を考えるつもりだったのだが、まさか巫香から頼みごとまでされるとは思ってもいなかった。交換条件でピアノを弾かせてほしいと言ったため、ますます彼女と接近できるようになった。

――〝嘘つき〟な自分の目論見通りに。

巫香はピアノで『カノン』の伴奏を弾いていた。きっと月人と一緒に連弾をしたことがあるからだ。モールス信号を知っていたのも、弟が教えた可能性が高い。金魚の死骸とダリアを抱えていたのも弟を彷彿とさせるし、南側の窓を塞いだ理由も、向かい側に住んでいた弟と関係がある気がする。あの窓を開ければ渓谷越しに、月人が飛び降りたマンションが見えるはずだ。

(――周囲に自殺者や早死にした人が多いみたいで――)

和馬がそう言ったときから、予感めいた思いを抱いていた。

おそらく、巫香が「彼女」で間違いないだろう。


巫香と月人のあいだに、何が起きていたのだろうか？

月人が自分に相談したかった内容を、巫香も把握しているのか？

巫香は今、月人に対してどんな感情を抱いているのだろう？

月人の死に、巫香が何らかの形で関わっている可能性は？


知りたい。どうしても知りたい。知らないままでは未来に進めない。

巫香の母親・凪の失踪や、中傷チラシの件も気になるが、すべての真相は巫香自身に確かめるしかない。

ゆっくりでいい。少しずつでいいから、もっと巫香と話せるようになりたい。ただでさえ他人を寄せつけない子なので、ことを急ぐと警戒されてしまう。須佐野夫妻が渡英してしまったため、弟に何があったのか知るための手がかりは、今のところ巫香の存在だけなのだ。もちろん、彼女の世話をしている鈴女にも、徐々に探りを入れるつもりでいる。


――お兄ちゃん、カップ麺がふやけ切ってるよ。

「ああ、そうだな」

今夜も幻の弟と会話しながら、太輝は伸びて冷めたゴムのような麺をすすった。

いつか必ず、月人に何が起きたのか調べ上げてやる、と誓いながら。

第二章

謎の依頼とガールズバー

大きな丸いガラス器に水を張り、その上に茎を完全に取り除いた花首だけを浮かべていく。赤、ピンク、白、大小さまざまなダリアをバランスよく浮かべると、ゴージャスで清涼感のあるディスプレイが完成する。花は咲き切って商品にならないものを選んであったのだが、水に浮かべただけで生き生きと華やかになる。

「どうですか？　これを店の前に椅子を置いて、載せておくんです。色味を替えたものをふたつ置いてもいい。インスタ映えもするし、お客さんの目を引くと思うんですよね」

太輝は陸にプレゼンしていた。売れ残りのダリアを活かせる方法を、思いついたからだ。

「うん、いいね。ナイスアイデアだ。やってみるか」

「ありがとうございます！」

早速準備をする。巫香に近づくという下心を隠して入ったアルバイトだったが、ダリアには本当に思い入れがある。少しでも長く綺麗に保ってやりたい。

「ちなみに陸さん」

「うん?」

「ドライフラワーとか、それを瓶詰めにするハーバリウムとか、商品にしないんですか?　ハーバリウムって割と流行ってますよね?」

陸は、すでにダリア染め用の染色液を商品化していた。サンプルとして顧客に渡していたものだ。それも、廃棄するダリアを少しでも減らしたいという意図があった。申し訳ないことに鈴女の前ではわざと落としてしまったのだが、もうあんなことは絶対にしたくない。本気で陸に協力したいと思っている。

「ダリアは水分が多いから、ドライにするのが難しいんだ。やってみたこともあるんだけど、単純に逆さにして乾燥させるハンギング法じゃ駄目なんだよ。すぐに枯れたりカビたりしてしまう。うちでは今のところ、花弁を染色液にするくらいしか活かしようがないんだ」

「なるほど……」

頷きながらも、ダリアをドライフラワーにする方法を調べてみようと思っていた。難しいのならば、なおさら挑戦してみたい。

「廃棄する花、もらってもいいですか?　ドライにできないか試してみたいんです。綺麗なまま保存できたら、捨てる花が少なくなりますよね」

「もちろんだ。いろいろ考えてくれてありがたいよ」

「いえ、ダリアに触れてると楽しくなるんで」

本当にそうだった。子どもの頃、ダリアの花を墓標代わりにして遊んでいたのは、この幾何学模様に魅了されていたからなのだと、今ならよくわかる。それに、以前のように廃棄物を運ぶより、花が廃棄されないように考えるほうが自分の性に合っている。

太輝の傍らでは、陸がダリアの花々でアレンジメントを作っていた。

ダリアだけでアレンジメントするのが、この店の特長だ。こんなに大きさも色も形も異なる種類がある花は、そうそうない。だから、ダリアだけでもデザインのバリエーションがいくつも作れるのである。

陸がオレンジ色の大輪ダリアの茎をカットし、花籠に敷いた吸水スポンジに挿していく。自分も勉強したくて、陸の手元を見つめてしまった。

「このアレンジメントは初夏がテーマなので、オレンジをメインにして黄色と白をサブメインにする。そこに、ダリアの葉とリボンで緑をプラスしていくんだ」

迷わず素早く、陸がダリアを挿し込む。柑橘系の果物を彷彿とさせる、瑞々しいドーム型のアレンジメントができ上がっていく。三六〇度、どのアングルから見ても美しくなるように花が配置されている。

「……前にな、実家のダリア農園で収穫を手伝ってたら、カットした茎から水が滴り出てきたんだよ。ドバッと勢いよくな」

アレンジメントを眺めながら、陸が静かに語り始めた。

「それが血液のように見えてさ。ああ、命を摘んでしまったんだなって、リアルに感じたんだ。何とも言えない気持ちになったよ」

神妙な顔つきの陸。太輝も話に集中する。

「俺たちは命ある植物で商売をしてる。食べるわけでもなく、ただ鑑賞するためにな。だからこそ軽く扱っちゃいけないし、限りある時間を精一杯輝かせてやりたい。そして、花そのものにはもちろん、生産者への感謝も忘れないようにしたいって、常々思ってるんだ」

それは人間の勝手な都合だと、かつて月人は言っていた。そういう考え方もあるだろうけど、今は陸の言うことに共感を覚えてしまう。それに、花は切っても同じ根からまた花を咲かす。人の手が入ることでより美しく繁栄していく。小動物の命を意味もなく奪うのとは、まったく異なる行為なのだ。

「陸さんの想い、僕も肝に銘じます」

太輝が賛同すると、陸は深く頷いてから腕時計に目をやった。

「今日はダリア生産者たちとの会合があるんだ。千葉まで行くから、もう出かける。あとは太輝と和馬に任せるから」

「了解です」

仕事熱心なオーナーだなと、改めて尊敬の念を抱く。四十歳に手が届くのに独身なのは、実家のダリア農家や全国の生産者たちと共に、ダリアの普及に尽力しているからのようだ。その熱意やバイタリティーには頭が下がる。

「そうだ、明日の仕事終わりにメシでも行かないか？　和馬も一緒に。太輝の歓迎会してなかったしな。焼肉とかどうだ？」

返答に困った。誰かと食事をするのは苦痛でしかない。せっかくご馳走になったとしても、美味しそうな振りをしなければならないのだから。

「……すみません、最近、胃の調子が良くなくて。また今度お願いします」

「そっか。じゃあ、次の機会にな」

店を出ていく陸を見送って、太輝はホッとしていた。食事の誘いはありがたいのだが、味わう演技をするのは天原家のお茶会だけにしておきたかった。

陸と入れ違いに和馬が配達から戻ってきた。

「ねえ、表のディスプレイ、いい感じじゃん。いま女の子たちが写メってた。もしかして太輝くんがやったの？」

「そうなんです。廃棄する花を活かしたくて」

「やるねえ。オレも負けちゃいられないな。陸さんはもう出た？」

「ついさっき」

「そっか。じゃあさ、太輝くんに頼みがあるんだ」

和馬は、何かを企んでいる子どものような表情をしている。

巫香といい和馬といい、頼まれることが多いのは、太輝が大人しくてお人好しに見えるからだろう。実は、いろいろな思惑を隠しているのだが。

「天原さんちの配達なんだけどさ、やっぱオレが行きたいんだよね。今日が配達日でしょ。代わってもらえない？　陸さんには内緒で」

そう来たか。この人、肝が太いな。先方から断られているのに。

「何がNGだったのかよくわかんないけど、謝っておきたいんだ。なんか失礼なことしてたかもしれないからさ。そうしないと、あの家に対して嫌な気持ちが残っちゃう気がして。頼むよ。一度だけでいいから」

和馬に懇願されたのだが、即答できずにいた。本当は代わりたくなどない。巫香は配達に行くたびにピアノを弾かせてくれるようになっていた。ほとんどが連弾で終わるとすぐ店に戻るけど、曲を一緒に奏でるたびに、彼女との距離が縮まっているように感じている。ほんの僅《わず》かずつではあるけれど。

しかし、和馬にも住まいのコーポを紹介してもらったり、何かと世話になっている。目的が果たせるまでは、職場での摩擦も避けておきたい。

「……わかりました。今日だけはお願いします。僕はほかの仕事で行けなくなったって、先方に伝えてください」

「ありがとう！　やっぱ太輝くんっていいヤツだな。よーし、巫香ちゃんに差し入れ買ってこう。何がいいかなあ。暑くなってきたから水菓子がいいかな」

和馬は鼻歌交りで天原家に届けるシルクハットを選び始めた。その様子を横目にしながらスマホを取り出し、素早く巫香にメッセージを送った。

〈ごめん、事情があって今日は和馬さんが配達します〉

すぐ既読になったが、返信はなかった。

仕事を終えてコーポに戻ると、二階から誰かが下りてきた。黒いパンプスとベージュのスーツに見覚えがある。和馬と同棲中の年上の恋人、狩夜《かりや》ジュンだ。

「こんばんは」

「ああ、太輝くん。仕事終わったんだ」

「ええ。ジュンさんはまだお仕事ですか？」

「ううん、着替えてないだけ。ちょっと買い物に出るところなんだ」

眉がハの字に垂れているジュン。ベリーショートが似合う可愛らしい顔立ちなのだが、普通にしていても悩んでいるように見えてしまう。

「ねえ、和馬はまだ仕事なのかな？」

「えっと、たぶん。配達に行ったので遅くなってるのかもしれません」

「そう……。最近、帰りが遅いんだよね。どこで何してるんだろう？」

思い詰めた表情で問いかけられて、返答に詰まってしまった。

「あのさ、太輝くん」

「はい？」

「和馬に怪しい気配があったら、教えてくれないかな」

「怪しい気配？」

「たとえば、ほかに女がいるとか」

いきなり直球を投げられて、逃げ出したくなった。男女の問題に巻き込まれるのだけは、勘弁してもらいたい。だが、顔見知り程度の太輝に頼ってくるほど和馬のことで悩んでいるのかと思うと、邪険にするわけにもいかない。

「いや、そんな感じは全然しないです。和馬さん、お客さんに人気だから心配になるかもしれないけど、ちゃんとわきまえてる人だと思いますよ」

実は、女好きで粘着質なところがあると知ってはいるのだが、和馬のプライベートは皆目わからない。当然、女性関係など知る由《よし》もないのだけれど、ジュンを安心させる言葉を選んでしまった。とんだ偽善者だなと、自分を嘲笑したくなる。

「……そう。ごめんね、いきなり変なこと言っちゃって。じゃあ、また」

沈んだ声を残していったジュンを見送っていたら、スマホに着信があった。

——巫香からだ！

初めて受ける電話。大急ぎでスマホを耳に当てた。

「もしもし？」

『ねえ、まだお店にいる？』

「いや、もう家に帰るところ。何かあった？」

『今からうちに来てもらえない？　和馬って人のことでお願いがあるの』

声音に静かな怒りが潜んでいる。和馬が何かしたのかもしれない。

「わかった。すぐ行く」

スマホを握りしめたまま、渓谷沿いのマンションへ走った。


玄関で迎えたのは、巫香本人だった。いつもと同じフード付きのロングワンピース。色はオリーブグリーン。色違いを何着も持っているようだ。フードを被ったまま、太輝を見上げている。鈴女はもう帰宅したらしい。

「今日は本当に申し訳ない。和馬さんから、天原家に失礼があったら謝罪したい、一度だけ代わってほしいって言われちゃって……」

しどろもどろに謝ったのだが、巫香はノーリアクションで上がり框に立ったまま、太輝に茶封筒を渡してきた。

「和馬って人に、これを渡してほしいの。あたしからとは言わないで」

「……なんだこれ？　中を見てもいい？」

「もちろん」

封筒の中には、二枚のチケットが入っていた。どこかのバーの半額割引チケット。プリントアウトして切り取ったもののようだ。一万円の新札も数枚入っている。

「ネットで見つけたガールズバーの半額チケット。街の客引きからもらったって言ってね。で、彼があなたを誘ってきたら、一緒にお店に行ってほしいんだ。その軍資金も入れてある。もし誘ってこなかったら、忘れてくれていいから」

あまりにも意味不明な頼みごとで、返事に躊躇してしまった。

「……あのさ、なんのためにそんなことするんだ？」

「ちょっとした実験みたいなものかな。あと、リサーチもしたい。もしその店に行けたら、女の子たちに名刺をもらってくれると助かる。連絡先入りの個人名刺。どんな子がいるのか知りたいの。できる限りでいいし悪用なんて絶対にしないから、引き受けてもらえないかな？」

断る理由がみつからない。すでにピアノは何度も弾かせてもらっている。それとの交換条件で、頼みごとを聞くと約束しているのだ。それに、この子が何を企んでいるのか、知りたい気持ちもある。

「わかった。とりあえずチケットは渡してみる。あとは和馬さんの意思に任せればいいんだよね？」

「そう。結果だけ教えて。それと、和馬って人がうちに配達するのは、今日が最後だと思っていい？」

強い眼差しを受けて、落ち着かなくなってきた。約束したんだから破ったら許さないと、ほのめかされているような気がする。

「これからは僕が配達する。今日は本当にごめん。だけど、これだけは教えてほしい。和馬さんは君に何をしたんだ？　なぜそんなに毛嫌いする？」

しばらく考えてから、目の前の少女は小声で言った。

「あたし、性的な視線が嫌いなの。それだけ。じゃあ、またね」

有無を言わさず対話は打ち切られた。それ以上粘ることもできず、封筒を手に玄関から外に出る。

性的な視線が嫌い、か。説得力はあるな。和馬さん、きっと言動から欲望が漏れちゃうタイプだろうから。困った人だ。だけど、なんでガールズバーなんだ？　そこに何があるっていうんだよ。

疑問だらけのまま帰路についた。コーポの二階を見上げると、和馬の部屋に煌々と灯りが点っている。

ジュンさんがいるんだから、ほかの人に色目なんて使わなくてもいいのに。そのせいで、わけのわからない頼みごとを引き受けちゃったんだからな。

ぼやきたくなったがどうにかこらえて、一階の暗い自室に入った。

✿

翌日の朝。巫香に言われた通りに半額チケットを渡すと、和馬は珍獣を見るような目つきをした。

「ちょ、ナニこれ。太輝くん、ガールズバーに興味ある人だったの？　意外すぎて笑っちゃいそう」

「いや、僕は行ったことないし、行く機会もないだろうけど、和馬さんはいろんなことに詳しそうだから、どうかなと思って」

苦しい言い訳のようになってしまったが、相手はますます面白がった。

「そっかー。太輝くんとガールズバーに行くのも新鮮だよな。構えることなんてないよ。ああいう店は女子大生やOLさんがバイトしてたりするんだから。みんな普通すぎて逆にがっかりするかもよ。よし、ふたりで行ってみよっか」

いや、行きたくないです。とは言えなかった。和馬に誘われたら同行する約束を巫香としてしまっている。

なんで誘ってくるんだよ。ほかの誰かを誘えばいいじゃないか！

内心の叫びはおくびにも出さずに、「じゃあ、お願いします」と答える。

「よっしゃ。そういえば、太輝くんと飲むの初めてだよね。いつ行く？　オレは今夜でもいいよ。なんか予定ある？」

前のめりになった和馬に、「ないです」と正直に言ったため、仕事終わりで行くことになってしまった。

そこに、「おはよう」と陸が顔を出した。

「なんだふたりとも、朝っぱらから楽しそうだな」

「陸さん、聞いてくださいよ。太輝くんがこんなの持ってきたんすよ」

和馬が半額チケットを陸に見せようとする。

「ちょっと和馬さん、誤解ですって。それ、僕が行きたくてもらったわけじゃないんだから」

「いいじゃん。太輝くんも男なんだなって、オレ、安心してるんだよ」

「なんだ、ガールズバーか。ふたりとも若いな。まあ、たまにはふたりで息抜きしに行けばいいんじゃないか。だけど、その前に仕事な」

「うぃっす！」

テンション高めの和馬を軽く睨んでから、太輝は水揚げ作業に取りかかった。

そのガールズバーは、多々木町からほど近い繁華街にあった。

細長いビルの三階。狭い階段を上って小さな扉を開けると、薄暗い店内から爆音が流れてきた。先客たちがカラオケでJ-POPを合唱している。

う、やっぱ苦手だな……。

昔からカラオケが好きではなかった。音量バランスが悪いし、旋律からズレた歌声がノイズとなって耳に障るからだ。

「いらっしゃいませー」

四方をぐるりと囲んだ白いカウンターの中から、厚化粧で素顔のわからない女の子たちが一斉に太輝と和馬を見る。全員が白いノースリーブにミニスカートの制服を着ている。

「これもらったんだけど、使えるよね？」

和馬がチケットを差し出すと、「もちろんです！」とツインテールの女の子が笑顔になり、「こちらにどうぞ」とカウンターの一角に座らせた。

「ご指名のキャストはいますか？」

「ああ、ここは指名ありなんだ。うちら初めてだからいないよ。とりあえず瓶ビールね。太輝くんは？」

「じゃあ、同じで」

「かしこまりました」

ツインテールを揺らして、女の子がドリンクの準備に向かう。

「太輝くん、キャストってわかる？」

「いや。何か演じる人のことですか？」

「違うよ。いま注文を取った子みたいに、カウンターの中に立ってる女の子のこと。ガールズバーには、キャストの指名がある店とない店があるんだ。ここはあるみたいだから、どっちかっていうとキャバクラに近いシステムなのかもね」

「そうなんですね……」

ガールズバーとキャバクラの区別すらよくわからない太輝は、「早く巫香の頼みごとを終えて帰りたい」としか思っていなかった。

「そういえば、天原さんちの配達、どうだったんですか？」

「ああ、鈴女さんにしか会えなかったけど、気まずそうに謝ってたよ。オレにもまた来てほしいって言ってくれた。いつかまた、太輝くんに配達代わってもらうかも。そんときはよろしくね」

おそらく、鈴女の社交辞令を真に受けたのだろう。本当に懲りない人だ。

「お待たせしましたー」

ツインテールの子が二本の瓶ビールを運んできた。一緒に来たショートボブの女の子は、ポップコーンの入った籠を置く。

「わたし、こちらを担当するスミレです」とツインテールの子が名乗り、「モモです。よろしくお願いしまーす」とショートボブの子が名乗った。ふたりとも厚化粧だが、顔つきはまだ幼い。

「よろしくねー。太輝くん、お疲れ！」

和馬が瓶ビールを手に取り、太輝の瓶に重ねる。

「お疲れ様です」

ふたりでビールをあおった。

「もしかして太輝くん、結構飲めるくちなの？」

「いや、そうでもないです」

実は、店でアルコールなど飲んだことがない。二十歳になってすぐに、コンビニで買った缶ビールを家で飲んだくらいだ。味はよくわからなかったが、冷えた炭酸の喉ごしは悪くなかった。

「太輝さん、ってお名前なんですか？」

スミレがカウンターの中から話しかけてくる。こういった場所は初めてなので返答に迷っていると、和馬が横からフォローに入ってきた。

「そうそう。彼は太輝でオレは和馬。スミレちゃんとモモちゃんだよね。よかったら、好きなもん飲んでよ」

「わあ、うれしい！」

「ありがとうございます！」

スミレとモモは、そそくさと自分たちの飲み物を作り始めた。

なるほど、相手をしてくれる女の子にも飲ませてあげるのか。

「和馬さん、さすが慣れてますね」

「えっ？」

「慣れてますね、って言ったんです」

カラオケが終わるとビートの利いた洋楽が大音量でかかるので、顔を寄せないと声が聞こえない。

「どうせ、あっちから飲んでもいいかって訊いてくるんだ。自分が飲めば店の売り上げになるからね。だから、言われる前に飲ませたほうが、スマートな客だと思ってもらえるんだよ。あとは、適当に場を盛り上げて、イケそうだったらアフターして、お持ち帰りするだけ。オレの場合、六割くらいの確率かな」

「お持ち帰り……」

聞き捨てならない言葉だった。同棲相手のジュンが心配していた理由は、きっとこれだろう。和馬は、こういった店で遊びまくっているのだ。

「なになに、お持ち帰りに反応しちゃう？　うちらみたいな若い客は、キャストも話しやすいんだよ。だから確率もアップするわけ。中には小遣い狙いの子もいるけど、少しくらいなら許容範囲かな。周り見てみなよ、客のオヤジ率が高いでしょ？」

「……まあ」

「それから、ここはキャストだけで男の店員が見当たらない。裏にはいるんだろうけど、男がガッチリ見張ってる店よりも規則がユルい場合が多い。つまり、アフターに連れてきやすいんだ。……あーっと、今の話、うちのジュンには内緒ね」

「おふたりでナニ話してるんですかー？」

「スミレちゃん、名前通りカワイイね。モモちゃんも可憐な花みたいだ」

「和馬さんこそ、マジでかっこいい。太輝さんもステキ。今日はラッキーだなあ。ねぇモモ？」

「ホント。来てくださってうれしいです。ドリンク、いただきまーす」

ふたりはカクテルらしきものを飲み、主に和馬としゃべり始めた。和馬は話を引き出すのが上手く、彼女たちの素性がすぐにわかった。スミレは美容師のアシスタント、モモは大学三年生。ふたりとも生活費の足しにするために、ここでアルバイトをしているらしい。どちらも彼氏募集中だと強調していた。

「ウッソだあ。男なんて選び放題っしょ。ふたりともウソつきだなー」

「そんなことないんだよー。和馬さん、誰かいい人いないかなあ」

「モモも女子大だから、あんま出会いがないの。紹介してほしいよ」

「ひとりオススメがいるよ。太輝くん。真面目で一途ないい男！　どう？」

いきなり和馬に振られて、ビールを吹き出しそうになった。

「いや、僕は大丈夫です。気になる子もいるんで」

とっさに塩対応で逃げた。だが、気になる子もいると言ったとき、ふいに浮かんだのは、なぜか巫香のハシバミ色の瞳だった。

「わーん、あっさりフラれたー」

「モモもだー。太輝さん、ちょっといいなって、マジで思ったのに」

「まあまあ。だったらオレなんてどう？　不真面目で一途じゃないけどさ、楽しませる自信だけはあるよ。こう見えても」

「じゃあ、何して楽しませてくれるの？」

スミレが甘えた声を出す。和馬は彼女の顔を引き寄せて、何かをささやく。

「やだもー、和馬さんのエッチ」

「なになに？　モモにも教えてよー」

……勝手にしてくれ。もう会話に入る気にもならない。巫香との約束は果たしたのだから、適当なタイミングで先に帰ろう。いや、もうひとつあった。名刺をもらわなければ。

「あの、すみません！」

声を張り上げると、三人が太輝に注目した。

「スミレさん、モモさん。お願いがあるんです」

「太輝くん、いきなりどしたのさ」

和馬はすでに二本目のビールを飲んでいる。

「名刺って持ってます？　可能なら、キャストさんたちの個人名刺がほしいんです」

「キャストたちの個人名刺？　なんのために？」

スミレが怪訝そうな顔をする。

「えっとですね、仕事の参考にしたいって、綺麗な名刺を集めてるグラフィックデザイナーの知り合いがいて、ちょっと頼まれちゃいまして……」

苦し紛れの言い訳だった。額に汗が滲んでいる。

「あのなあ、太輝くん。キャストさんだって、誰にでも名刺を渡してるわけじゃないんだよ。増してや個人名刺なんて、また来てほしいって思った人にしか渡さないんじゃないか。いきなり図々しいこと言わないでくれよ」

いかにも迷惑そうに和馬が睨んでくる。

「……そっか。すみません。だったら大丈夫です」

諦めようとしたら、モモが気を遣って名刺を用意してくれた。

「モモはあげてもいいよ。メアド入りの個人名刺。太輝くんの名刺もちょうだい」

「名刺はまだ作ってなくて。メアドかLINEなら教えますけど」

「じゃあ、LINE交換していい？　お店に呼んじゃうかもしれないけど」

「いいですよ。そのとき可能だったらまた来ます」

可能だったら、と強調しておいた。きっと永久に不可能だろう。

「じゃあ、交換しよ！　名刺も渡すよ。ほかのキャストにも聞いてくるね」

それから数分後。ありがたいことに気のいいモモのお陰で、モモを含む五名から個人名刺をもらえた。それぞれ、源氏名の下にSNSアカウントやメールアドレスなどの連絡先が入っている。すべて、客への営業用に作った名刺のようだった。

その中に、見覚えのある女の子がいた。

「ミイです。本業は大学生。よかったらLINEも交換させてください」

「もちろんです。太輝って言います」

「太輝さんですね。よろしくでーす」

金髪のウエーブヘア、艶やかに光る唇。真っ赤なネイル。切れ長で奥二重の目を、アイラインとつけ睫毛で大きくしたミイは、シトラス系の香水をつけていた。

――サングラスをかけたら、巫香の中傷チラシを貼った子にそっくりだ。

これは偶然なのか？　それとも巫香はわざと、チラシの犯人だと思われるミイがいる店に、自分を行かそうとしたのか？　幸いにも彼女がこっちに気づくことはなかったのだけど……。

詳細は巫香に直接尋ねるしかないが、真意を話してもらえるとは限らない。念のため、名刺を渡す前に写真を撮っておくことにした。

太輝はトイレに入り、もらった名刺の写真をすべてスマホの画像フォルダに収めた。そのまま席に戻り、和馬にそっとささやく。

「僕、先に帰りますね。これ、会計で使ってください」

巫香から預かった軍資金の数万円を、彼のジーンズのポケットにねじ込んだ。

「あーそう？　わかった。また明日なー。スミレちゃん、次なに飲む？」

スミレと意気投合した様子の和馬を残して、太輝は多々木町に帰ったのだった。

✿

すでに夜十時をすぎていた。巫香のマンションに行って話をしたかったが、さすがにもう遅いと思い留まり、多々木駅からコーポへと続く道を歩き出す。

左右にスーパーマーケットや飲食店が並ぶ平凡な公道だけど、右手の店の背後には渓谷の木々が繁っている。公道の数カ所に階段が設置されており、そこを下りると小川が流れる鬱蒼とした森が広がっているのである。

昼間は人々の憩いの場となる渓谷だが、この時間に川沿いの遊歩道を歩く人は皆無だった。遊歩道には街灯がないので、不気味な暗闇に覆われている。懐中電灯でもない限り、足元さえおぼつかない。懐中電灯があったとしても、太輝にはひとりで渓谷に潜入する勇気がない。かなり本格的な肝試しになりそうだ。

スピードを上げて歩いていたら、右先の歩道にいた黒い人影に追いつきそうになった。

――巫香だ！

いつものロングワンピースを着てフードを被っている。初めて会ったときと同様に、シルクハットの白い花束を抱えている。金魚の袋は持っていないし『かなりや』も歌ってないが、自宅とは反対方向にどんどん歩いていく。

一体、どこに行こうとしてるんだ？　それに、こんな遅くに十七歳の女の子がひとりで外出するなんて、不用心にもほどがある。ガールズバーのことも報告したいし、追いついて声をかけてみるか。

そう思って勢いよく足を踏み出したら、巫香の姿が公道から消えた。小川にかかる大橋の脇から、渓谷へと続く階段を下りていったのだ。真っ暗闇の中、灯りになるようなものは何も持たずに。

おい、マジか！　危険すぎるだろう！

あわてて階段の上から渓谷を覗き込む。巫香は遊歩道を慣れた足取りで進み、あっという間に闇の中へ溶け込んでいく。

太輝も急いで階段を駆け下りたが、すぐに先が見えなくなり立ち止まってしまった。少しは慣れるかと闇に眼を凝らしてみたけど、一向に慣れやしない。視覚からの情報を絶たれた途端に聴覚が冴え渡り、小川のせせらぎや虫の羽音が耳を刺激する。都内の住宅地にこんな暗がりがあっていいのかと思うくらい、福島の夜の森林と似通っている。

このまま追うのは到底無理だ。スマホのライトをつけて行こう。

小さな灯りを頼りに遊歩道を歩いていったのだが、すでに彼女の姿は見失っている。遠くから微かにパシャッと水の音がしたので、そちらのほうにも行ってみたが、どこを探しても気配すらない。

まさか消えた？　これが神隠し？　それとも、魔女のように闇と同化したのか？

非現実的な想像しかできずにいる。このままだと自分が迷いそうだった。多々木の渓谷はかなり広大だ。遊歩道から一歩外れると、奥まで藪となった湿原が広範囲に点在しているのである。

仕方がなく、探すのを諦めて来た道を戻った。遊歩道から階段を上り、街灯のある橋のたもとで巫香が帰ってくるのを待つことにした。

何気なくスマホを開くと、ガールズバーで会ったモモとミイからＬＩＮＥにメッセージが入っていた。どちらも、「今夜は会えてうれしかった。また会いたいな」といった、絵文字だらけの営業メールだ。それぞれ、自撮り画像も添えられている。

返事をしたほうがいいのか迷い、「了解」のスタンプだけ送った。モモはともかく、ミイとはまた話してみたい。巫香の中傷チラシを貼ったのが本当にミイなのか、確かめてみたかった。

スマホを閉じて闇の渓谷に意識を移す。梅雨明け前の渓谷から、湿気を帯びた森林のむせるような匂いが漂ってくる。ここにほんの微かな潮の香りを混ぜたら、クジラの森と同じになるかな、などと空想してみる。目を閉じて森の空気を味わうと、心はすぐさま遥か福島の故郷へと旅立っていく。土に挿した大輪のダリアが、脳裏で真っ赤に花開いていく……。

――空想に浸って十分ほどが経ってから、音も立てずに巫香が戻ってきた。

黒いフードを被ったまま、相変わらずスマホの電灯すら点けていない。先ほど抱えていたシルクハットの花束も、手にしていなかった。しかも、ワンピースの裾に泥がこびりついている。

もしや、渓谷内のどこかにダリアを埋めてきたのか？　なんのために？

次から次へと、巫香に対する謎が湧き出てくる。その謎がすべて解き明かされる日は来るのだろうか……？

つい弱気になりそうになったが、月人の死の真相を探るためなのだと己を鼓舞する。ずっと待っていたと思われたくなかったので、たった今通りかかった振りをして声をかけた。

「あれ？　巫香ちゃん？」

彼女はフードで目元を隠したまま、無言で立ち尽くしている。

リアクションがない。もしかして驚いているのか?

不安になった太輝は、さらに言葉を重ねた。

「あのさ、さっき和馬さんと例のガールズバーに行ってきたんだ。今帰ってきたとこなんだけど、ここで会えるなんて偶然だね」

ちょっと白々しいかなと思ったら、案の定、巫香は「ウソ。あたしを待ってたんでしょ」と静かに言った。

「やっぱバレてたか。でも、真っ暗な渓谷にひとりで入ってくから、心配になっちゃったんだ。無事に戻ってきてくれてよかったよ」

「ここは、あたしの庭みたいなもの。暗がりでも普通に歩けるの。もう二度と、黙ってあとなんてつけてこないで」

目の前の少女は、少しだけ強い口調になった。

ああ、この子を怒らせてしまった。下手な芝居なんてしなきゃよかった。

太輝は「ごめん」と謝ってうなだれたのだが……。

「もういいよ。そんなに怒ってるわけじゃないから。ガールズバー、行ってきてくれたんだ」

そのひと言で、気持ちが楽になった。と当時に、自分がわざと近づいたのに、巫香の言動で一喜一憂しているのが滑稽に思えた。ミイラ取りがミイラになる、なんてことにだけはなりたくない。

「君の狙い通り、和馬さんに半額チケットを渡したら僕を誘ってきたよ。店の女の子たちから個人名刺ももらってきた。その女の子の中に、君への中傷チラシを貼ったと思われる子がいた。あれは偶然？　それとも何か思惑があったの？　なんのために僕を動かしたのか、ちゃんと教えてくれないか？」

「名刺」

「え？」

「まずは女の子の名刺を見せて」

言われるがままにポケットから名刺を出す。巫香はその全部をチェックしてから、「チラシを貼った子って、この名刺の人？」と、ミイの名刺を取り上げた。

「そうだよ。金髪の派手な女の子。君の知り合い？」

巫香は小首を傾げ、「知り合いかもしれないから調べてみる。この人のことはもう忘れちゃって。じゃあ、またね」とだけ告げて、自宅マンションのほうに歩き出そうとする。

「ちょっと待って」とあわてて引き止めた。

「なんであの店に僕を行かせたのか、もっと説明してくれよ」

するとと、巫香はパタリと足を止め、フードの奥から太輝を見上げた。

三日月の光が、ハシバミ色の瞳に映っている。

「実験とリサーチだって、頼むとき言ったよね？　それ以上のことはまだ言えない。何かわかったら教えてもいいけど、その前に一応、警告しておくね」

ほんの束の間見つめ合ったあと、彼女は抑揚のない声で告げた。

「あたし、魔女って呼ばれてるの。ふたりっきりでいると呪われるらしいよ。だから、必要以上に近づかないほうがいいと思う。それからね、ダリアの花って、その国によって花言葉が違うの。日本では〝華麗〟とか〝気品〟。でも、フランスではなんて言われてるか知ってる？」

首を横に振ると、巫香は夜行性動物のごとく瞳を光らせた。

「〝裏切り〟〝移り気〟。すごく人間らしい花言葉だよね。だからあたし、ダリアが好き。あたしの母親もダリアが大好きだった」

それ以上の言葉は残さずに、巫香は帰っていった。

太輝は唖然としたまま、その場で後ろ姿を見つめていた。

裏切り？　人間らしい？　どういう意味だ？　シルクハットの花束は、彼女の失踪した母親と関係があるのか？　ガールズバーの実験とリサーチの意味も、さっぱりわからないままだ。一体、何を考えているんだ……？

動揺を落ち着かせたくて、スマホを取り出し検索をしてみた。フランスにおけるダリアの花言葉についてだ。

〝裏切り〟〝移り気〟の由来はすぐに判明した。ナポレオン一世の妻・ジョゼフィーヌの逸話から生まれたようだった。

ジョゼフィーヌはダリアを愛し、宮廷の庭で珍しい品種を咲かせるのが自慢だったのだが、ダリアを独占して誰にも分け与えなかった。しかし、どうしてもダリアが欲しかった女性がダリアを盗んで自分の庭でも花を咲かせたため、ジョゼフィーヌはダリアへの興味を失ってしまった。だから、〝裏切り〟や〝移り気〟が花言葉となった――。

これは何かの隠喩なのだろうか？　それとも、単純に自分と距離を取るための、巫香なりの脅し文句なのか？

あんなに掴みどころがない少女と関わるのは、生まれて初めてだった。少し近寄れたかなと思っても、するりと逃げて離れてしまう。まるで気まぐれな猫のように。不可解な言動でこちらを惑わせるところは、本当に小悪魔のようだ。

だけど、ここで引き下がるわけにはいかない。

——簡単には近づけないと思うよ。彼女の心の壁は厚くて頑丈だから。だけど、ハマったら抜けられない魅力があるんだ。捕らわれないように気をつけてね。

幻の弟が耳元でささやく。

「捕らわれたりなんてするもんか。絶対に真相を暴いてやる。月人のことも、あの子自身の謎も」

新たな決意を口にしてから、太輝も家路についた。

❁

翌週の配達日。巫香は何事もなかったかのように太輝を右横に座らせ、いつものように左手で『カノン』の伴奏を弾き始めた。

鈴女がお茶の支度をしながら、うれしそうにこちらを見ている。

ドミソ（C）・ソシレ（G）・ラドミ（Am）・ミソシ（Em）・ファラド（F）・ドミソ（C）・ファラド（F）・ソシレ（G）――

「カノン進行」と呼ばれるあまりにも有名なコード進行。太輝は今回、趣向を変えようとしていた。国内外の有名曲の中から、カノン進行が使われているメロディーを連続で奏でてみるのだ。そのために、ピアノ練習アプリで予習もしてあった。

『Don't Look Back In Anger』（オアシス）、『Basket Case』（グリーン・デイ）、『小さな恋のうた』（MONGOL800）、『ロビンソン』（スピッツ）、『さくら』（ケツメイシ）、『糸』（中島みゆき）、『愛をこめて花束を』（Superfly）、『世界に一つだけの花』（槇原敬之）、『ハナミズキ』（一青窈）、『キセキ』（GReeeeN）、『マリーゴールド』（あいみょん）、『Pretender』（Official髭男dism）――。

やりだしたら止められなくなった。巫香も拒まずにカノン進行を繰り返している。なんとなくだが、彼女も楽しんでいるように感じた。

「――今日はここまでにしておくね。まだあるけどキリがないから」

太輝が右指を止めると、「わー面白い！　どの曲もハマってる！」と、鈴女が手を打って歓喜した。巫香は黙ってピアノの蓋を閉じている。

「太輝くん、ヒット曲のコードって同じものが多かったりすんの？」

「カノン進行がベースの曲はかなり多いです。メジャーキーとマイナーキーが交互になってるから、軽快で明るい曲にも使えるし、メロウなバラードにも使えるんです。日本人にも馴染みやすいコード進行なんでしょうね」

鈴女に答えると、「すごいねえ。音楽ができる人って尊敬しちゃう」とますますよろこぶ。太輝も気分が高揚している。これで巫香も笑顔になってくれたら、もっと楽しいのに……などと、本来の目的とは関係ないことを、つい思ってしまう。

しかし、巫香はすぐにフードを被り、顔を隠してしまった。

夜の渓谷で会って以来、ふたりきりで話をしていない。相変わらずこの子は謎だらけのままだ。

「今日はお茶飲んでってね。オレンジピールのチョコを作ったの。生のオレンジから作ったんだ」

香り高い湯気を立てるアールグレイティーと、輪切りにしたオレンジピールの半分にチョコレートをまとわせた菓子が、ソファーテーブルに用意されている。ソファーに座りそうになって、急いで直立した。巫香がモールス信号で（またね）と言ってきたら、帰らなければならない。

「あたしもお茶飲む。あなたもどうぞ」

意外なことに、先にソファーに座った巫香が誘ってくれた。

「うちのお嬢、やっとお茶会に参加する気になったみたい。よかったー。ほら、太輝くんも座って」

「じゃあ、お言葉に甘えて」

巫香の横に座り、アールグレイを飲んでチョコ菓子を食べた。表面にザラメをまぶしたオレンジピールとチョコレートの組み合わせ、おそらくかなり美味しいのだろう。だが、相変わらず味がよくわからない。それでも、感想のひとつくらい言わないと不自然だ。

「これ、ウマいです。本当に鈴女さんの手作りなんですか？」

「そうだよ。料理もお菓子作りも得意だったりする」

「お店が出せそうなくらいの腕前ですね。見た目もキレイだし」

「ありがと。それ、巫香の好物なの。ご飯はあんまり食べないけど、果物とか野菜を使ったお菓子はよく食べてくれるんだ。ねえ巫香？」

話を振られても巫香は返事をしない。黙ったままお茶を飲んでいる。

「ノーリアクションは慣れてるんだ。でもいいの。食べてくれるだけでうれしいから」

彼女は笑顔で巫香を見守っている。

太輝にとっては、なんとも居心地の悪いお茶会だった。味覚障害を隠しているのが心苦しいのだ。だが、巫香が自分の隣でお茶を飲むのは初めてなので、どうにか楽しんでいる振りをした。

もっとこの家に馴染み、情報を引き出したい一心で。

チョコ菓子を食べ終え、「マジでお店レベルの味でした。ごちそうさまです」ともっともらしい礼を述べたら、鈴女がふいに尋ねてきた。

「ねえ、太輝くんも将来は花屋さんを経営したいの？　陸さんみたいに」

「いえ」と即答する。

「経営なんて考えたこともないです。ダリアは好きだから、関わっていられればそれだけでいいっていうか」

経営なんて大それた夢など持ちたくない。夢を叶えるべきだったのは弟であって、自分ではないのだと改めて思う。

「なるほど、今どきの若者っぽいなあ。物欲とか将来の夢がない子が多いんだよね。でも、いつか何かが見つかるかもよ。そのほうが人生楽しいと思う」

「……それって、余計なお世話かもよ」

すかさず巫香が口を挟む。

「そっか、ごめんね。お節介なんだよね、わたしって」

鈴女が謝るので黙って微笑んでおいたが、内心では巫香の言う通りだと思っていた。太輝は、自分の価値観を押し付けてくる大人が苦手だった。たとえそれが親切心であっても、コントロールされそうで逃げ出したくなる。もしかしたら、巫香も同じなのかもしれない。

トーントントントーン、トーントン、トーントーントントーン
いきなり巫香がリズムを取り始めた。（またね）のモールス信号だ。太輝も（うん）と小さく打ち返す。鈴女の目を盗んでする信号のやり取りは、どこか共犯者めいていて面白い。

「もう帰りますね。お邪魔しました」

立ち上がって玄関に向かった太輝を、鈴女が紙袋を手に追いかけてきた。

「太輝くん、これ持って帰って。お夜食用のサンドイッチも作っておいたの。いつも巫香の相手をしてくれてありがとう。あの子がこんなに打ち解けた人、本当にあなたが初めてなんだ。これからもよろしくね」

「こちらこそ、ごちそうになってばかりですみません。失礼します」

紙袋を持って廊下を歩きながら、ふと思った。

鈴女は、巫香の彼氏だった月人を知らないのだろうか？　彼女がここで働き始めたとき、月人はすでに亡くなっていたのか？　時系列がよくわからない。

次の機会があったら鈴女に詳しく尋ねようと、心の片隅にメモをした。


帰宅して紙袋を開いたら、小ぶりのフランスパンの切れ目に、具をたっぷり挟んだサンドイッチが入っていた。見た目はすこぶる旨そうだ。

台所でインスタントコーヒーを淹れて、机の前に座ってパンにかぶりつく。

……やはり味が薄い。美味しさがわからない。

それでも味わわないと鈴女に悪い気がしたので、想像してみることにした。

外カリ中フワの上質なフランスパンと、ハムやチーズ、玉ねぎやオリーブのスライスといった具、それから、胡椒の利いたクリーム・ドレッシングの旨みが、口いっぱいに広がっていく――。

想像だけで満足しながら完食した。カップ麵よりはずっとマシな夕食だった。

鈴女に何かお礼をしようと決めてから、薄い布団に横たわる。

ポツポツと雨音がしてきた。明日は土砂降りかな……。

寝入りばなに月人の顔を思い出さなかったのは、久しぶりだった。

✿

翌朝。濡れた傘を畳んでバックヤードに入った太輝を、思いがけないトラブルが待ち受けていた。

先に来ていた和馬に、いきなり罵倒されたのだ。

「お前、なんか陸さんにチクっただろ！　許さねーからな！」

眉が吊り上がっている。いつもの陽気な和馬とは別人のように見える。

「なあ、お前が仕組んだんだろ？　いきなりガールズバーに行かせたりして、なんか変だと思ってたんだよ！」

何を言われているのか理解できず棒立ちしていると、「シカトこいてんじゃねーぞ！」と和馬が掴みかかってきた。恫喝する態度が板についている。信じたくはないが、これが彼の本性なのかもしれない。

「和馬、いい加減にしろ。太輝は関係ない」

あわや手が出る直前で、陸が止めに入った。彼は紫色の手帳を手にしている。

「じゃあ、なんでオレの手帳を……」

「匿名の電話があったんだよ。お前が女性客を口説き回ってるってな。証拠がないかロッカーを見させてもらった。俺の独断だ。まさか、金銭のやり取りまでしてるとは思わなかったよ。細かくメモっててくれてむしろ助かった。申し訳ないが、今すぐ辞めてもらう。店の悪評が広がったら大問題だ」

陸が鋭利な眼光を和馬に注いでいる。元来、厳つい顔つきの人なのだが、今日は近寄りがたいほど険しい。仁王立ちしている姿は不動明王像のようだ。

「陸さん、誤解ですって！　僕が誘ったんじゃない、相手が言い寄ってきたんだ。断ったら注文も途絶えるから、仕方がなかったんすよ！」

「言い訳は聞きたくない。それに、そんなことで注文を止める客なんて、この店には必要ない」

「そんな……」

「うちの大事な花たちを、不純行為の理由に使うなっ！」

太輝すら震えてしまいそうな怒鳴り声。和馬は肩を落として黙り込む。

「……今までの働きには感謝してるよ。だけど、もう顔を見せないでほしい。事務処理についてては追って連絡する。手帳は返すから、ただちに出てってくれ」

「陸さん！」

「何度も言わすなよ。これ以上、幻滅させないでくれ。頼むよ……」

辛そうに顔を伏せた陸の前で、和馬は店名入りのエプロンを脱ぎ、ロッカーから荷物を取り出して手帳を仕舞った。

「店のためだと思ってたのは本当です。だけど、迷惑をかけてすみませんでした」

その場で一礼した和馬は、裏口から素早く出ていった。

最後に射るような視線を、太輝に向けて放ってから。


茫然としていた太輝に、陸は詳しい事情を明かした。

要するに、和馬は数名の女性客と男女関係になっていたのだ。相手は太輝も配達したことがある滝川家の麗子夫人など、裕福な家庭の奥方ばかり。しかも、金銭援助まで受けていたという。誰にいつ、いくらもらったのか、紫の手帳に細かく書き留めていたらしい。

あの手帳は、和馬にとってゲームの記録帳のようなものだったのだろう。いつでも開いて眺められる、悪趣味な勝利の記録帳だ。

「自分が配達に寄った際に、行為に及んでいたケースもあったようだ。話し相手を求める人もいるから、立ち寄りを許してたのが良くなかったんだろうな……」

陸がため息を吐く。

「あいつには期待してたんだ。仕事熱心でセンスもいいしな。だけど、タレコミされるほど客を口説いてたとはなあ。女好きなのは知ってたけど、まさか金銭まで絡んでいたとは……。辞めてもらうのは残念だけど、示しがつかないからな。代わりの人手はすぐ手配する。俺も配達に行くから、少しだけ我慢してくれ」

「わかりました。でも、僕も天原さんの家でお茶をご馳走になってます。これからは遠慮したほうがいいですか？」

「いや、その件は鈴女さんから聞いてる。巫香ちゃんとピアノを弾いてるんだってな。俺もあの子のことは気になってて、鈴女さんの相談にも乗ってるんだよ。鈴女さん、あの子の引きこもりをどうにかしたいみたいなんだ。そのために、社会との接点を作ろうとしてる。だから、あの家に関しては今まで通りでいいよ」

「了解です」と答えながらも、太輝は溢れてくる疑念と闘っていた。

（──和馬くんは凪のファンだったから──）

（──あたし、性的な視線が嫌いなの──）

鈴女と巫香の言葉を思い出す。

和馬の行為を訴えた匿名電話の相手は、誰だったのだろう？

……どうしても、巫香が関係しているような気がしてならなかった。

その日の夜、太輝がコーポに入ろうとしたとき、ふいに誰かの視線を強く感じた。

周囲を窺ってみたが、誰もいない。

もしや和馬から睨まれているのかと二階を眺めたら、彼とジュンの部屋には灯りが点っていなかった。和馬と顔を合わせるのは気まずかったので、ホッとしながら自室に入る。

和馬のことは嫌いではない。チャラ男で苦手だと思ったのは最初だけで、むしろ仕事も話もしやすい人だった。だけど、夜の女の子だけでなく、店の女性客にまで手を出していたとは。しかも金銭絡みなのだ。クビになってもしょうがない。彼が最後に見せた、射るような眼差し。逆恨みされているのかもしれない。

ここ、和馬さんの紹介で入ったんだよな。引っ越したほうがいいかな……。

しばし思案に暮れたが、なるようになれと開き直った。

気持ちを切り替えて、店でもらった売れ残りのダリアを机に並べる。ドライフラワーにしたくて何度か吊るしてみたのだが、陸が言った通りすぐに萎れて枯れてしまう。そこで今回は、〝シリカゲル〟という粉状の乾燥剤を使う「シリカゲル法」を試そうとしていた。

色も大きさも異なるダリアを花首だけにカットし、シリカゲルを半分ほど入れたタッパーの上に置く。粉を花ビラの隅々まで行き渡るようにしながら、完全に埋まるまでシリカゲルを振りかける。タッパーに蓋をして、二週間ほど日の当たらない場所に置く。上手くいけば、ほぼ生花に近い形でドライにできるらしい。

仕上がりに期待しながら、押し入れにタッパーを入れて戸を閉めた。

雨音のするワンルームで、巫香とのピアノ演奏を思い返す。麗しいカノンの調べ。心の垢が洗い流されていくような感覚を、しばし味わう。

――ねえ、ミイラ取りがミイラになってきてない？

思いっきり頭を振ってから、幻の弟に断言した。

「次に天原家に行ったら、情報を引き出してみるよ」

✿

次の配達時。巫香とピアノを弾き終えた太輝は、鈴女から焼き立てのバナナパンケーキと、アッサムのミルクティーをご馳走になっていた。

「すごい、表面のカラメルがカリッとしてて、中のバナナがとろけてきて、生地はフワフワ。鈴女さん、マジでカフェとかお店出した方がいいですよ」

大げさに食レポしてみせた。味はボヤけているが食感だけはよくわかる。

「やった。最近、太輝くんが食べてくれるから、腕が鳴ってるんだ。巫香はどう？」

「……まあまあ」

「もー、たまには美味しいって言ってよ」

そんな三人のやり取りが恒例になってきた。

太輝はお茶会を楽しんでいる振りをするコツを、完全につかんでいた。しごく単純だ。鈴女をよろこばせればいい。それは、ここに来る度に世話を焼いてくれる鈴女への、せめてもの感謝の気持ちでもあった。

傍らで紅茶を飲む巫香は、いつものフード付き長袖ワンピース姿。今日の色はダークブラウン。もちろん、フードは被ったままである。

「そうだ。急なんですけど、和馬さんが店を辞めたんですよ。こちらにもお世話になってたと思うんですけど……」

さり気なく和馬の話題を切り出してみた。

すると、鈴女がフォークを皿に置き、表情を改めた。

「実はね、わたしが陸さんに電話したんだ。和馬くんのこと」

「え?」

てっきり巫香が電話したのかと思っていたので、意表を突かれてしまった。

「和馬くん、凪にすごい執着してたんだよね。いつ帰ってくるのかって、配達のたびにしつこく訊いてきて。何人かの女性客と関係してるって匂わせてたこともあったし、なんか気味が悪かったんだ。しかもね、巫香のことも変な目で見てたみたいなの。それで配達を太輝くんに代わってもらったんだけど、このあいだまた来て言ったのよ。『やっぱり自分に配達させてほしい』って。呆れちゃうでしょ。いい加減にしてほしいから、陸さんに全部話してみたの。ね、巫香?」

フードの下で巫香の口元が動く。

ほんの僅かだが、笑ったように見えた。とても満足そうに。

やはりそうだ。この子が鈴女を動かしたのだと、太輝は確信した。

「でも、すぐクビになっちゃったんでしょ? 陸さんから聞いてびっくりしたよ。もしかして、太輝くんに負担がかかってたりしない?」

心配そうに鈴女がこちらを覗き込む。

「大丈夫。明日から陸さんの弟さんが、ダリア農家の実家から手伝いに来る予定なんです。

戸塚海《うみ》さんって名前らしくて。陸の次だから海なのかな」

「ああ、たぶんそうだね。今度、弟さんの顔見に行ってみよっと」

鈴女はあくまでも無邪気で、悪意など微塵も感じない。

巫香が（またね）と信号を送ってきたので「じゃあ、そろそろ……」と腰を上げかけたら巫香が先に立ち、「部屋に戻るね」とリビングを出ていった。

「もー、愛想がなくてごめんね。いつもこんな感じなの。ずっと部屋でパソコンいじってて、わたしとも話さない日があってさ。だから、誰かとピアノ弾いて一緒にお茶するなんて、前は考えられなかったんだ。太輝くんに来てもらえてホントよかったよ」

これはチャンスだ。鈴女とふたりだけで話ができる。

「あ、まだ紅茶が残ってる。飲んでから出ますね」

浮かせた腰を下ろし、鈴女と向き合った。

「僕も巫香ちゃんとピアノ弾いたり、三人でお茶を飲むのが楽しいです。鈴女さんたちの役に立てるなら、なんでもしたいと思ってます」

半分は本心、もう半分は嘘だった。実際に、この家でピアノを弾く時間は貴重だ。だから役に立ちたいとは思う。だけど、それ以上に月人の死の真相が知りたい。そのためなら、本当になんでもするつもりでいる。

「ありがとう。わたしは巫香の引きこもりが心配なの。だから、カウンセラーに来てもらったりしたんだけど、あの子に必要だったのは、太輝くんみたいにピアノとか何かで繋がれる相手だったのかなって、今は思ってる。太輝くんがあの子を外の世界に連れてってくれたらいいな……。なんて、勝手なこと言ってごめんね」

「いえ、そうできるように努力します。だから、巫香ちゃんについて、少し教えてもらっていいですか？　僕、彼女のこと何も知らないんで」

「もちろん。なんでも訊いて」

感謝の眼差しに後ろめたさを感じてしまったが、この機会に訊きたいことはすべて訊いてしまおうと決心した。

「巫香ちゃん、本当に僕以外の誰とも接してなかったんですか？　たとえば、中学の同級生とか、あと……彼氏とか」

さり気なく言ってみたけど、実は心臓が波打っていた。

鈴女の口元を凝視して、答えが返ってくるのを待ち受ける。

「本当にないのよ。わたしの知る限りだけどね。昔から独りでいることが多くて、友だちも彼氏の話も聞いたことがないの。『誰かが自分を訪ねてきても、いないって言って』って約束させられてたし」

「そうなんですね……」

落胆が声に滲んでしまったかもしれない。

つい、「須佐野月人って名前を聞いたことないですか？　ここの対岸で自殺した僕の弟なんです。巫香ちゃんと付き合ってたみたいなんだけど、何か知りませんか？」と訊いてしまいたくなったが、言葉を無理やり飲み下す。

今はまだ、鈴女に素性を明かすわけにはいかない。それが巫香に伝わったら、探りを入れている自分を遠ざけようとするかもしれない。天原家に執着していた和馬を追いやったように。だから、別のアプローチをすることにした。

「ちなみに、鈴女さんの手料理、本当に美味しいんですけど、巫香ちゃんが中学生の頃からここで家事をしてるんですか？　凪さんに頼まれたんですよね？」

「そう。巫香が中三のクリスマス頃だったかな。凪から久しぶりに呼ばれてお茶したの。そこで『うちらの個人マネージャーになって、家事とか手伝ってくれない？』って言われたんだ。丁度、芸能事務所を辞めるところだったから、『来年の二月からならいいよ』って答えた。それで平日の午後だけここに通うことにしたんだけど、二月になる前に凪がいなくなっちゃったんだよね」

「二月になる前って？」

「最後に電話で話したのがお正月くらいで、それから急に連絡が取れなくなっちゃったの。だけど、お茶したとき『近々フロリダに行く』って言ってたんだ。『しばらく留守にするから、通帳の管理なんかもお願いしたい』って。今から思えば、凪は長期で外出する予定だったから、わたしをここに呼んだのかもしれないね。巫香を独りにしないために」

「だけど、二年以上も連絡がないんですよね。心配になりませんか？」

「なったよ。警察とか探偵に相談してみようか？　って巫香に言ったこともあるんだけど、あの子が『大げさなことはしたくない』って言うからさ。まあ、事故とか何かあったら連絡があるはずだし、今は待つしかないかなって思ってる」

探偵なんか雇ったら、費用がかかって大変だろうな……。

と現実的なことを考えながら、今の話を整理する。

月人が亡くなったのは高三の一月七日。悩み相談のメールが来ていたのはその四日前の一月三日。凪がいなくなったのは同年の正月頃。時期が微妙に重なる。

この符合に意味はあるのだろうか。もっと情報がほしい。

「あの、これも訊いておきたいんですけど、巫香ちゃん、なんで引きこもっちゃったんですかね？」

「本当にわかんないの。昔の巫香は、無口だけどもっと笑う子だった。小学校にもちゃんと行ってたしね。だけど、わたしがここに来たときはすっかり変わってた。中学は不登校になって、高校進学もしないで家から出なくなって。……でもさ、こういうのって、原因はコレって言い切れるほど単純じゃないと思うんだ。本人の中で、いろんな要因が混ざり合った結果なんだよね、きっと。もし直接の原因があるなら、わたしが知りたいくらいだよ」

隠し事をしているようには感じない。鈴女は本当に何も知らないのだろう。そして、本気で巫香を心配してる……。

「じゃあ……これはちょっと聞きづらいんですけど」

「いいよ。巫香のためだから」

鈴女は真剣だった。騙しているようで心苦しい。だけど、この千載一遇の機会を逃すわけにはいかない。

「鈴女さん、巫香ちゃんが中学でいじめに遭ってた噂話、知ってましたか？　前に和馬さんから聞いたんです。同級生から魔女って呼ばれてたとか、学校の裏サイトで中傷されてたとか。このあいだも中傷チラシが貼られてたし、ちょっと気になっちゃって」

ナーバスな話題にもかかわらず、鈴女は快く答えてくれた。

「なんとなくだけど知ってた。前に凪から聞いたの」

「凪さんも、いじめの噂を把握してたんですね」

「そうみたい。だけど、『出る杭は打たれるんだよ。それだけ巫香が目立ってる証拠じゃない？』って、あんまり取り合わなかったんだ。わたしは、もっと真剣に考えたほうがいいと思ったんだけど、巫香自身もいじめについて話さなかったから、それっきりになっちゃって。だけどさ……」

彼女はしんみりと肩を落とす。

「そういう問題って、第三者にできることがないんだよね。いじめられてる子は、それを近しい人には隠したがるケースが多いから。たとえ家族が知ったとしても、『うちの子だけは大丈夫。大ごとになんてならないはずだ』って、思っていたいんだろうしね」

見ない振り。聞こえない振り。気づかない振り。

誰だってそれが一番楽だ。自分も今まではそうだった。月人の死に関して湧き出る「なぜ？」にも、ずっと蓋をし続けていた。だけど、そんな自分を常に監視して問いかけてくる、もうひとりの自分がいたのだ。

本当にそれでいいのか？　無気力のまま何も知らずに知ろうともせずに、ただ生きているだけでいいのか？　と。

「僕は、今日と同じ明日が来るとは限らない。明日になったら何もかもが変わってるかもしれないって、常に思ってます。だって僕は……」

あの突然の震災から人生が変わってしまったんです。親を失い、生活を失い、理不尽に引き裂かれた弟も、助けられずに目の前で失ったんです。

そう打ち明けたくなったが、「後悔だけはしたくないんです」と言い換えた。

「後悔しないように、どんな問題も解決を先送りにしたくない。自分には何ができるのか考えたいんです。巫香ちゃんのことも最善を尽くしたいと思ってます」

柄にもなく熱くなってしまった。

月人の死の謎を解明するには、巫香の謎も明らかにする必要がありそうだ。そのためにも、鈴女とは協力関係を築いておきたかった。

「太輝くん、そこまで言ってくれてうれしいよ。巫香のこと、話せる人がいないから本当にうれしい。これからもよろしくね」

「こちらこそ。お力になれるように頑張ります」

共感を強く示しつつ窓に目をやると、カーテンの隙間からベニア板が覗いていた。この疑問も解消しておきたい。

「そういえば、ずっと不思議だったんです。このリビング、窓の内側が塞がれてますよね。

何か理由があるんですか？」

「それ、凪がいなくなってから巫香がやったの。わたしがここに通い始めたときは、もうこうなってた。ネットで板を取り寄せて、自分で打ちつけたみたい。南の眺望を塞ぐなんてもったいないし、換気にもよくないよ、って言ったんだけど、『あたしの家なんだから自由にさせて』としか言わなくて」

「バルコニーとか窓の外に、彼女が見たくないものでもあるんでしょうか？」

「どうなんだろう？ バルコニーには小さなテーブルと椅子しかないから、すごく不思議なんだよね。わたしはもう慣れちゃったけど」

「あの……渓谷の向かい側のマンションで、二年前くらいに転落事故があったって聞いたんです。たぶん、巫香ちゃんが窓を塞ぐ前くらい。何か知ってますか？」

自然な流れになったので、転落事故と柔らかい表現で核心を突いてみたが……。

「転落事故？ 知らない。誰か亡くなったの？」と逆に質問されてしまったので、「いえ、だったら単なる噂話ですね、きっと」と誤魔化してしまった。

「巫香の周りにはいろんな噂があるんだけど、どれも確かめられないんだよね……」

鈴女が悩ましそうに頬杖をつく。

「だって、何を聞いてもちゃんと答えてくれないんだもの。むしろ、聞けば聞くほど距離がでていく気がする。だけどね、わたし、いつかはこの窓を開けてあげたいって思ってるんだ。この塞がれた窓と巫香の心は、同じような気がするから」

閉じたままの窓。閉じたままの心。確かに、そのふたつは同義なのかもしれない。

「早く窓が開くといいですね」

真剣にそう思った。そして、そのときはきっと、月人のことも明らかになると信じたかった。

「うん。変化の兆しは感じてる。巫香は今、太輝くんの訪問を楽しんでるからね。二年以上も見てきたらわかるの。きっと、いい方向にいくと思う。……あ」

スマホの着信音がした。鈴女のスマホだ。

「ごめんね。電話が入っちゃった」

「いえ、すみません。また長居しちゃって。ごちそうさまでした」

「また来てね。待ってるから」

「はい。失礼します」

もっと訊きたいことはあったけど、しつこいと思われるのは得策ではないので、すぐさまマンションを出た。少し離れた場所で立ち止まり、スマホを開いた。これまでに得た情報を、月人と巫香を中心に時系列でメモしておく。

■月人が高二の夏頃、「近所に中二の彼女ができた」と自分に報告。
■月人が高三のクリスマス前、自分と電話で最後の会話を交わす。月人は何かに苛立っているようだった。
■巫香が中三のクリスマス頃、母親の凪が鈴女に家事の仕事を依頼。そのとき凪は、「近々フロリダに行く。しばらく留守にする」と言っていた。
■翌年の一月三日、月人から「彼女とのことで大至急相談したい」と助けを求めるメールが自分に届いた(スパム扱いのため未読のままだった)。その彼女だと思われる巫香にはいじめの被害者との噂があったが、凪は放任していたらしい。
■同年の一月七日、月人が自宅マンションの部屋から飛び降りて自殺。それと同時期に凪が失踪し、いまだに行方が知れない。
■凪が失踪してすぐ、巫香はマンションの南側の窓を自ら塞いだ。鈴女はその理由がわからないと言う。
■同年二月から、鈴女が天原家に通い始める。巫香は不登校になっており、高校進学はせずに引きこもった。

この断片的なピースだけでは、正解のパズルなど組み立てられそうにないが、月人の自殺と凪の失踪が同時期なのが引っかかる。月人は巫香だけでなく、凪とも何らかの関わりがあったのかもしれない。鈴女は、月人の死後に天原家へ通い始めたので、残念ながら何も見聞きしていないようだった。

まだ暗中模索は続きそうだけど、根気よく探っていくしかない。


店に戻る前に、渓谷の対岸が見える場所に寄った。

かつて月人が住んでいたマンションが遠くに見える。黒く光る石張りの六階建て。最上階の左端にあるのが、月人の部屋だ。どこからどんな風に飛び降りたのか、思い出したくないのに脳内で再現してしまう。

――なんで先に逝っちゃったんだよ、僕の目の前で。なんで最後のメールがスパム扱いになってたんだ。そのお陰で、僕は過去の呪縛に捕らわれたままだ。月人に何があったのかわかるまで、ここから動けそうにないよ……。

風が渓谷の青葉の香りを運んできた。夕暮れの陽光を背に、太輝は連日の立ち仕事でむくんだ足を、ゆっくりと引きずり始めた。

✿

その夜、仕事から帰った太輝を、迷惑な客が待ち受けていた。

泥酔した和馬だ。片手にビール瓶を持ち、一階の部屋の前に座り込んでいる。

「よお、太輝センセイ。やっとのご帰還すか」

「和馬さん、どうしたんですか？」

フラフラと立ち上がった和馬は、いきなり「カネ、貸して」と言い、酒臭い息を吹きかけてきた。

「なにしろクビになっちゃったからさー、金欠なんだよ。この部屋、世話したのオレだよね。仕事でもいろいろ教えたりしたじゃん。だからさ、カネ貸してよ。一万でいいから」

一万円は、今の太輝にとって大金だった。

「無理です。手持ちがなくて……」

「なんだとぉっ！」

怒声を浴びて、とっさに手で顔を覆った。殴られるのかと思ったのだ。

「バカだなあ。殴ったりしねーよ。パクられるのはゴメンだから。お前さあ、天原家に取り入ってヨロシクやってるみたいじゃん。今日の夕方さ、お前を見かけたからつけてみたわけよ。そしたらビックリだ。配達なのに一時間以上も出てきやしねーってか。大したスケコマシだよなあ。どうやって魔女をものにしたんだよ。オレのことはガン無視だったんだぜ、あの子」

不快すぎて吐き気がしたが、どうにか声を出す。

「あの、僕はピアノを弾かせてもらってるだけだから」

「はぁ～？　ピアノ？　お高くとまってんじゃねーよ！」

片手でドン、と壁を叩く。

隣の男性住人が窓から顔を出し、「大丈夫ですか？」と尋ねてきた。

「あー、気にしないで。オレ、このコーポの大家の息子。友だちとじゃれてるだけ。うるさくしてゴメンねー」

隣人は太輝たちを一瞥して窓を閉めた。

通報してほしいと願ったが、和馬が大家の息子なのは事実だ。きっと無理だろう。

その和馬は、獲物を狙う野獣のごとく太輝を睨んでいる。

「だからさあ、太輝センセイ。カネ貸してよ。天原家は金持ちだから、小遣いもらってんでしょ？」

「もらってないです」

「またまたー。トボケちゃって」

酒臭い口をますます近寄らせてくるので、思いっきり顔をそむける。

「ま、いいや。お前、天原の家に興味津々だったもんな。だから教えてやるよ」

少しだけ離れた和馬が、卑猥な笑みを浮かべる。

「凪さんはさ、大物政治家の愛人だったんだよ。で、あの魔女っ子は政治家の娘。認知はされてないけど、毎月べらぼうな養育費をもらってるんだってさ。あのマンションも買ってもらったって、凪さんが自慢してたわ。しかも、だ」

ビール瓶をあおってから、再びしゃべり出す。

「政治家のパパがだんだん来なくなって、凪さん、タガが外れちゃったのかもな。家に若い男連れ込んで、食いまくりだったんだよ。オレもバイトの高校生だった頃、よく相手にしてもらったしな。まじエロエロのビッチ。邪魔な娘はバスルームに閉じ込めてさ、やりたい放題ヤってたんだよ」

「嘘だ！　そんな適当なこと……」

「ウソじゃねーし。あの魔女っ子に訊いてみな。ママが部屋のベッドを揺らしてるあいだ、いつも大人しくしてたんだから。ずーっと人形みたいに」

信じられなかった。冷たいバスルームの中で、ひたすら耳を塞いでいる巫香の姿が浮かんでくる。それを自慢げに語る和馬の神経を疑ってしまう。

「旅行にも連れてってもらったよ。魔女っ子は家に放置しっぱなしでな。オレだけじゃないよ。何人もが酒池肉林の豪遊をさせてもらってたんだ。凪さんは天女だね。売春婦なんて噂もあったけど、そんなもんじゃない。奔放なエロ天女。だからオレは天女の帰りを待ってたってわけ。誰かのチクリで店はクビになったけど、凪さんのことは諦めねーから」

目の前で吐き散らされる汚らわしい言葉から、太輝も耳を塞いでいたかった。

「マジ最低ですね、その凪さんもあなたも」

我慢できずに吐き捨ててしまった。

「やっぱ、一発殴っとくか」

和馬がビール瓶を振り上げる。

頭を両手で覆った太輝の前で、カシャッと音がし、眩《まばゆ》い光が放たれた。

誰かがスマホで写真を撮ったのだ。

「巫香ちゃん！」

まさかの展開に驚愕した。和馬も瓶を振りかざしたままポカンと口を開けている。

ワンピースのフードを被った巫香が、片手でスマホを構えて立っている。

「なんで、ここに？」

「夜の散歩。この道はよく通るの。そしたら汚い声が聞こえてきて」

太輝の問いに答えた彼女は、和馬に向かってスマホを突き出した。

「恐喝罪、侮辱罪、暴行罪。動画も写真も撮った。警察呼ぶ？」

胸のすくような言い方だ。思わず喝采を送りたくなる。

「……いや、あの……これは酔った勢いっつーか……」

瓶を下ろした和馬は、言い訳もできずにうろたえている。

「クビは自業自得。逆恨みはみっともないよ。警察が嫌なら、もうこの人に手を出さないで。あと、あたしの家のくだらない噂話、二度としないでもらえるかな」

威厳と怒りが同居した冷ややかな声音。十七歳の少女だとは思えない。

「……もしかして、オレのこと陸さんにチクったのって、巫香ちゃん？」

「だからなに？　あたしの話聞いてた？　そんなに警察沙汰にしたいの？」

「いや、勘弁して。悪ふざけしすぎた。二度としないよ」

和馬は今にも逃げ出しそうになっている。

「和馬さん、ちゃんと巫香ちゃんに謝ってください」

それが太輝の、精一杯の加勢だった。

「申し訳ない、です」

頭を垂れて謝罪する。本当に申し訳ないと思っているのかは疑問だが。

「もういいけど忘れないで。証拠の動画、持ち込み先は警察だけじゃないからね。あなたの顔もちゃんと撮ったし、ネットに上げるのも簡単だから」

巫香が駄目押しした直後、二階から誰かが階段を駆け下りてきた。

「ちょっと和馬！　何してんのよ！」

和馬の同棲相手、ジュンだ。

「ごめんなさい、この人、酒乱気味なの。なかなか次の仕事が決まらないみたいで、毎晩やけ酒しちゃってて。きっと太輝くんに迷惑かけたんでしょ。ホントごめんね。ほら、帰るよ」

ジュンが引っ張った腕を、和馬が邪険に振り払う。

「うるせー、余計なこと言うなよ、役立たずのくせに。もっと稼いでこいよ」

恋人にまで暴言を吐く酒乱男。もはや、嫌悪感しかない。

「そんなこと言わないの。上に帰ろ」

悲しそうな目をしたジュンと共に、和馬は二階の自室に戻っていった。

「……あの女の人も、自分が好きじゃないんだね」

すぐそばで巫香がつぶやく。

「ん？　ジュンさんのこと？　どういう意味？」

「自己肯定感が低すぎると、何かに依存せずにはいられなくなるって、よく言うでしょ。アルコール依存、ギャンブル依存、買い物依存。それから、甘ったれDV男との共依存」

辛辣な言い方だけど、的は射ている。和馬のような男は、酒が覚めるとやさしくなるケースが多い。その仮初めのやさしさが欲しくて、ある種の女性は離れられなくなるらしい。

自分を引き取った叔父も酒乱だった。普段は大人しいのに酒が入ると暴力的になり、身近で弱い者にストレスを吐き散らす。その本性は、自分自身に不満を持つ小心者。酒で現実から逃避し続ける、大きな身体の子どもだったのだろう。

「なるほどね。『あの女の人も』ってことは、君も自分が好きじゃないのかな？」

巫香の反応が見たくなり、質問を投げてみた。

少しの間があって、彼女ははっきりと言った。

「好きなわけないよ。今のあたしは理想のあたしじゃないもの。あなただってそうなんじゃない？」

フードの奥からじっと見上げられ、返答に詰まった。

僕は……僕は自分が嫌いだ。

福島で家族の役に立たなかったから。SOSを発してた弟を救えなかったから。弟の真実を探るという本来の目的を果たせないまま、仕事の先輩だった人に絡まれて、真実を知るはずの少女に助けられた無様で情けない男。そんなヤツ、好きになれるはずがない。きっと自分も、身体だけ先に成長してしまったガキなのだ。

「……さっきはありがとう。お陰で助かったよ」

返答に詰まったまま、話題を変えた。

「いいの。鈴女さんにお願いしてあの人を告発したの、あたしだしね。あの人、逆恨みしそうなタイプだから、被害に遭うとしたらあなただと思ってた」

その瞬間、ピンときた。

自宅に入る前に、誰かの視線を感じたことがあったけど、あれは巫香だったのでは？　自分の身を案じて、見張っていてくれたのではないか？　この子は自分の住まいが和馬と同じコーポで、深夜営業の和菓子店の隣だと知っている。鈴女にどこに住んでいるか訊かれたとき、巫香も一緒にいたのだから。

「もしかして……うちの前をわざわざ通ってくれてた？　ここ何日か」

「誤解しないで。隣に豆大福を買いに寄ってただけだから」

そう言いながらも、巫香はスマホ以外何も持っていない。おそらく財布すらも。

――意外に律儀で、正義感の強い子だったんだな。

胸に温かいものが込み上げてくる。太輝は目を細めて笑みをたたえた。

「じゃあ、お礼に豆大福を買うよ。もう遅いから送ってく」

「……あたしとふたりで長くいると、呪われるかもよ」

「だとしたら、とっくに呪われてるさ。今さら怖いもんなんてないよ」

「そう。だったら、お願いがあるの」

「なに？」

「豆大福じゃなくて、普通の大福がいいかな」

照れくさそうに斜め横を向いて、巫香が小声で言った。

太輝の頬がますます緩んでいく。何個でも好きなものを買ってやりたい。

意気込んで隣の和菓子店に入った。営業時間が夕方から深夜という珍しい店だ。だが、
残念なことに普通の大福も豆大福も売り切れていた。代わりにヨモギ餅とわらび餅を買っ

てから、巫香をマンションまで送っていった。

おぼろ月の下をゆっくり歩きながら、少しだけ話をした。他愛も無い話ばかりだ。彼女は甘い物とダリアが好きで、イギリス映画と海外のミステリー小説とネットゲームが好きで、ピアノは子どもの頃習ったけど上達しないままで、一匹だけになった金魚を大事にしている。わかったのは、それだけ。

本当に知りたいことは、何も訊けなかった。ふたりきりで夜の街を歩くのが、とても貴重な時間のように感じたから、その時間を余計な詮索で壊したくなかった。一度壊れてしまったら、二度と話せなくなる気がしていた。

好きなものを語る巫香は、ごく普通の女の子に見えた。にこやかに笑えば、飛び切りの美少女になるだろう。月人の前では笑っていたのだろうか。その笑顔に弟は魅了されたのだろうか。巫香の笑顔を奪ったのも、弟の死だったのだろうか……？

「あそこの大福ね……」

マンションの前で、巫香がぽつりと言った。

「ああ、今日はなかったけど、今度配達するとき買ってくよ」

「……うん。あれは、あたしの大切な人が好きだったの。糖分は頭の回転に効くからって、よく甘いもの食べてた」

心臓がドクンと鳴った。

糖分は頭の回転に効く。それはまさに、月人が言っていた台詞《せりふ》ではないか。

「その大切な人は、今どうしてるの？」

思い切って尋ねた。精一杯、平常心を保って。

「今は……遠くにいる。遠すぎて逢えない場所に」

厳かに巫香がつぶやく。

「遠くって一体……」どこに？　と訊きたかったのだが、「この話はこれでおしまい。またね」と遮られてしまった。巫香が背を向けてマンションへと歩き出す。

焦るな、焦るな。今日は十分だ。彼女がここまで話してくれたのは、初めてなのだから。

焦らずに次の機会を待とう。

「今夜は助けてくれて、本当にありがとな」

黒い背中に向かって再度礼を述べたら、巫香は振り返ってこう言った。

「また和馬って人に何かされたらすぐ教えて。邪魔者は排除するから」

〝邪魔者は排除する〟。言い慣れたようなフレーズにゾクッとした。

「……あのさ、これまでも君は、邪魔だと感じた者を排除してきたの？」

ごく自然に疑問を口にした。深い意味など込めずに。

「そんなに都合よく排除できないよ。ただ、考えて考えて考え続ける。どうしたら消えてもらえるのか、何をすれば思い通りになるのか。あたしは、自分の創った理想の世界にいたいの。誰にも邪魔されたくない。だから……」

巫香はフードで覆った顔を上げて、あどけなさの残る唇を動かした。

「これからもお願いごと聞いてね」

返事を待たずに、彼女はマンションへ入っていった。

まるで蜘蛛の巣に捕らわれた虫のように、身体のあちこちに透明な糸が絡まったような気分だった。その糸を動かすのは、巣の中央で黒いネイルの指を広げる女王の巫香と、その横の王座にいる物言わぬ月人だ。

自分はとっくに呪われていたのだと、改めて認識した。

謎を残して死んだ弟の面影に。その謎の鍵となる魔女と呼ばれる少女の存在に。そして、月人の真実が知りたいという、執念にも似た自分の願いに。

……それでもいい。こうなったら、巫香に都合よく操られてやる。その代わり、見返りはちゃんともらう。真実という名の見返りを。

内心でつぶやいてから、太輝は急ぎ足で帰路についた。

その翌日。和馬が突如、消息を絶った。

第三章

罠にかかって消えた獲物

「どうしよう、和馬が帰ってこないの。電話も直留守だしメールも未読のまま。心当たりのある人には訊いてみたんだけど、誰も知らないって……。何かあったんだと思う。太輝くん、どうしたらいいんだろう？」

コーポの玄関先で、ジュンが必死に訴えている。

「五日前から連絡がつかないんですか？」

「そう。このあいだ太輝くんに絡んじゃったでしょ。その次の日、私が帰宅したときはもういなかった。無断外泊はこれまでもあったけど、五日も連絡が取れないなんて異常すぎるよ！」

取り乱したジュンは、太輝の帰宅を部屋の前でずっと待っていたようだった。

心当たりがないわけではなかった。ガールズバーで会った女の子たちだ。特に、美容師見習いのスミレと和馬は意気投合していた。スミレの名刺はもらっていないが、店に電話をしてみたらいるかもしれない。

「ちょっと待っててください。共通の知人に連絡してみます」

部屋に戻ってガールズバーに電話をした。

『おかけになった電話番号は、現在使われておりません――』

間違えたのかと思いかけ直したが、同じ機械的なアナウンスが流れる。

――店が潰れた？　半額チケットで行ってから三週間も経ってないのに、そんなことってあるのか？

ＬＩＮＥで繋がっていたモモにも連絡してみようとしたが、〈メンバーなし〉になっている。中傷チラシを貼ったと思われるミイのアカウントも、同じく〈メンバーなし〉になっていた。ふたりからは何度か営業メールをもらっていたので、そのデータは残っているのだが、揃ってアカウントを消去してしまったようだ。

あのガールズバーに何かが起きたのかもしれない。ネットでガールズバーの名前を検索すると、店のＨＰはまだ残っていた。キャストたちの名前入りスナップ写真が、何枚も掲載されている。

事件報道のようなものはヒットしなかった。ということは、これ以上、今の自分にできることはない。

玄関先で待っていたジュンに、「申し訳ない、行方はわからなかったです」と告げる。

正直なところ、和馬とはもう関わりたくなかった。

「そんな……。これ以上、相談できる人がいないんだよ。どうしよう、事故に遭って意識不明でいるとか？　やっぱり警察に相談したほうがいいのかな？」

「あの、和馬さんのお母さんの実家には、ここの大家さんの」

「お母さんの実家には訊きました？　いるはずがないんだ。だってあのお母さん、和馬のお父さんと離婚して別の人と暮らしてるから」

「じゃあ、お父さんは？」

「そっちも再婚して子どもがいるんだって。どっちの家にも居場所がないし行きたくもないって、いつも和馬が言ってた」

複雑な家庭環境だったのだなと、初めて知った。だからといって、同情心など湧いてこない。凪や巫香の話を聞いてしまったときから、和馬は唾棄すべき人間にカテゴライズされている。

「僕だったら、警察に行く前にご両親と連絡を取ってみると思います。たとえば、事故とかで本人が動けなかった場合、親族にしか連絡はいかない気がするんです。ジュンさんと和馬さん、まだ籍は入れてないですよね？」

「……そっか。そうだね。とりあえず、彼のお母さんに連絡してみる。夜分にごめんね。あ、迷惑じゃなかったら、連絡先交換してもいい？」

「いいですよ。何かあったら連絡してください」

「ありがとう。いつも本当にごめんなさい」

LINEを交換し、何度も謝ってから、ジュンは二階に帰っていった。

実直で情の深そうな人だ。和馬のような男に悩まされているのが、気の毒になってくる。本人が好きで一緒にいるのだから、仕方がないのだけど。

太輝はほかの可能性も考えていた。和馬の意思でジュンの元から離れたケースだ。金持ちの奥様に囲われて、ジュンからフェイドアウトしようとしている、なんてことだって考えられる。

しかし、およそ一週間後。ジュンから意外な報告を受けた。

そのとき、太輝は店でダリアの水替えをしていた。

陸はカウンターの奥で事務処理をし、陸の弟の海は配達に出ている。海は、無口で仕事熱心な男性だった。黒縁メガネの奥の瞳が兄の陸と似ている。実家のダリア農家で働いていただけに花の扱いには長けているし、物腰も丁寧な好青年なので客に安心感を与えそうだ。現在は、陸のマンションで同居しているらしい。

ただ、海は実家の手伝いもしなければならないため、週の半分は千葉の農家に戻るという、ハードスケジュールをこなしている。新たなアルバイトも募集中なのだが、なかなか決まらない。陸も仕事が増えて大変そうだが、どうにかなるだろうと鷹揚《おうよう》に構えている。

水替え作業を終えた太輝がひと息ついていたら、仕事帰りらしきスーツ姿のジュンが店に入ってきた。相変わらず、悩まし気な顔をしている。

「ああ、ジュンさん。いらっしゃいませ」

「太輝くん、このあいだはお騒がせしてごめんね。和馬のことで報告があるんだ。お花も買いたいから、ちょっと話してもいい?」

すると、奥にいた陸が近寄ってきて、ジュンに微笑みかけた。

「ジュンちゃん、久しぶりだね。和馬がどうかした? 俺も気になるから、一緒に話を聞いてもいいかな?」

「もちろん。お世話になった陸さんにも話したいです。和馬が急に辞めちゃってすみません。あの人、気にいらないことがあると我慢できないみたいで。いつまでも子どもっぽくて困っちゃいますよね」

その言葉で、和馬がジュンに解雇理由を話していないことがわかった。話せるわけがない。きっと彼女には、自主退職だと言っていたのだろう。

「じゃあ、スツールに座ってね。太輝、缶コーヒー出してきてくれる?」

「了解です」

バックヤードの冷蔵庫から缶コーヒーを取り、カウンターに戻った。ジュンは何も知らなかった陸に、和馬がずっと行方知れずになっていたことを熱弁していた。

缶コーヒーをジュンの前に置く。彼女はやや興奮状態で話を続けている。

「——それで、彼のお母さんに連絡してみたんですね。そしたら、道端で急に倒れてそのまま入院したみたいなんです。病院から実家に連絡が来たんですって。今は何の病気なのか検査中で、面会謝絶になってるって言われました」

「そうか。容態は心配だけど、居場所がわかってよかった。本当によかったよ」

陸が親身に相手になっている。

「そうなんですけどね、ちょっと気になることがあるんです」

「気になること?」

「はい。お母さんから『病院に持っていくので、下着や着替えの服を見繕ってほしい』って頼まれたんです。それですぐに服を用意して、ついでに彼がまだ読んでない漫画本を三冊包んで、部屋まで来てくれたお母さんに渡しました。お母さん、面会できるようになったらすぐに知らせるって、約束してくれたんですけど……あ、コーヒーありがとうございます」

缶コーヒーをひと口飲んだジュンが、再び口を開く。

「次の日にお母さんがまたうちに来て、『これは必要ないみたい』って、渡したものの一部を返してきたんですよ。メッシュのシャツ一枚と、漫画三冊を全部。そのシャツも漫画も、私がプレゼントしたものなんです。シャツは気に入ってよく家で着てたものだし、漫画なんて三冊とも数量限定のサイン本だったんですよ。あの人の好きな漫画家の本なのに。それで、ちょっと変だなと思って」

メッシュシャツと漫画のサイン本を返された？　確かに腑に落ちない。

「ちなみに、どこの病院に入院してるのか、わかったんですか？」

太輝が尋ねると、「まだわからないの」と垂れた眉をひそめる。

「彼がいなくなって一週間以上経つのに、相変わらず面会謝絶らしくて、私がいくら聞いてもお母さんは病院名を教えてくれなかった。別の病院に移る可能性があるからって。でも、なんかおかしくない？　本当に入院してるのかな？　もしかしたら別の女の人の家にいるんだけど、お母さんが嘘をついてるのかもしれない。私のプレゼントだけ返してきたってことは、とりあえず入院したってことにして、私から離れるつもりなんじゃないかな、とか、いろいろ考えちゃって……」

「ジュンちゃんが考えてしまう気持ち、よくわかるよ」

じっと話を聞いていた陸が、穏やかに話しかける。

「今の話だけだと、和馬に何が起きているのかわからない。そりゃ不安になるよね。人間は生存競争という観点からも、『わからない』という状態を恐れるようになってるんだ。よくわからないものに近づくと、死んでしまうかもしれないからね。その恐れや不安を取り除くには、少しでもわかるように行動するしかない」

その通りだと太輝も思う。自分だって今、月人に何が起きたのか「わからない」から、必死に情報収集をしているのだ。

「だけど、ジュンちゃんはちゃんと行動してるし、すでにわかってることもある。少なくとも、和馬のお母さんは何かを知ってるわけだ。今は話せないだけで、和馬はちゃんと生きてる。じゃなきゃ、わざわざ着替えを取りに来たりしないよ。もしかしたら、人には言い辛い症状なのかもしれない」

「それはそうかもしれないけど……。なんかモヤモヤして落ち着かないんです」

目を伏せたジュンに、陸は「じゃあ、占おうか」と提案した。

「気休めかもしれないけど、俺の花占いで未来を見てみるのはどうだい？　意外と当たるって言われるんだ。ジュンちゃんならサービスするよ」

「……いいんですか？」

「もちろん。このケースにあるダリアの中から、今の気分に合う花を二本だけ選んでもらえるかな。それだけで先のことが見えてくる。考えないで直感で選んでみて」

「わかりました」

陸が得意だという花占い。話には聞いていたけど、実際に見るのは初めてだ。

ジュンがケースをざっと眺める。

「――じゃあ、左側の上にある真っ黄色で大きいのと……」

『イエローパール』という名の大輪ダリアだ。太輝が一輪だけ取り出す。

「あと、真ん中にある青いダリア。青の花ビラなんて珍しくないですか？」

「ダリアには本来、青は存在しない。これは大学の研究チームが遺伝子組み換えで作った希少種なんだ。名前はまだないサンプル商品。本当に珍しいものを選んだね」

太輝が取り出したそれは、濃い青で縁どられた白い花ビラが何層にも重なった、清楚な美しさを持つダリアだった。

黄色と青色、二色のダリアを陸が手に取り、おもむろに話し出す。

「ダリアには、ダリア単体での花言葉以外に、色や種類別の花言葉もあるんだ。それに俺のインスピレーションを入れて占った結果を言うね」

こくり、とジュンが頷く。

「和馬は、黄色い太陽のような光でジュンちゃんを照らしていた。ジュンちゃんの青のように誠実なやさしさは、風船みたいなところがある和馬を地に留めていた。お互いの存在が、ふたりの人生を輝かせていたんだね。多少の時間はかかるかもしれないけど、ジュンちゃんが落ち着いて待ってれば和馬は戻ってくるよ。必ず戻ってくるから安心していい。彼は君に感謝してるよ。だけど……」

ジュンは食い入るように陸を見つめている。

「和馬はジュンちゃんに甘え切ってしまった。あまりいい傾向ではなさそうだな。ジュンちゃんは和馬を待っててもいいし、待たなくてもいい。どちらを選んでも最後には幸せしかないから。今回の問題は、少し距離を置いて和馬との関係性を見つめ直してみる、いい機会になるんじゃないかな」

「関係性を見つめ直す……」

ジュンがつぶやき、何かをじっと考えている。

陸はダリアを太輝に渡し、包装するように指示した。

「占いは以上だ。このダリアはプレゼントするよ。あんまり思い詰めないで、楽しくなることをしててほしいな。なんて、余計なお世話かもしれないけどね」

「いえ、ありがとうございます。今日はここに寄ってよかったです」

微笑んだジュンは、どことなくすっきりとした顔をしていた。


帰り間際、彼女は陸に向かって言った。

「陸さん、気を遣ってもらってすみません。でも、ダリアの花言葉は私も調べてあるんです。和馬と一緒に調べました。黄色いダリアの花言葉は〝栄華〟。青いダリアの花言葉は、自然には存在しないので〝不可能〟。私たち、一番いい時期は終わって、修復は不可能なのかもしれないですね。独りで考えてみます」

ジュンがお辞儀をして去ったあと、陸が悔しそうにつぶやいた。

「……ったく、和馬はしょうがねえな。ジュンちゃんまで悲しませやがって」

「あの、陸さん。あれって花占いだったんですか？　どっちかって言うと、陸さんからのアドバイスのように聞こえたんですけど」

「その通りだよ。占いじゃなくてカウンセリングみたいなもんだ。相手の悩みを聞いて情報を得て、俺なりのアドバイスをするだけ。花言葉を参考にすることもあるけどな。ジュンちゃんの場合は、和馬との関係を見直すべきだって俺が思ったんだ。まあ、彼女は青いダリアの花言葉を知ってて選んだんだから、あいつといても未来がないって、本当に思ったのかもしれないけどな」

そうかもですね、と相槌を打ってから、太輝は新たに入ってきた女性客を迎えた。

まさか、和馬の失踪に自分が関係していたとは知りもせずに……。

❁

「陸さんからチラッと聞いたんだけど、和馬くん、家に帰ってないんだってね」

すっかり恒例となったピアノ演奏後のお茶会で、ふいに鈴女が尋ねてきた。

今日は、ダージリンティーと焼き立てのアップルパイをご馳走になっている。

いつものように美味しく味わっている振りをする太輝の横で、巫香はグレーのワンピースのフードを被り、しきりにスマホをいじっている。

「そうなんです。帰らなくなってから、もう二週間くらい経ちますね。ただ、このあいだ店に和馬さんの彼女さんが来て、入院中だってことはわかったみたいなんですけど、なんか腑に落ちない点があるみたいで……」

「どこが腑に落ちないの？　彼女がなんて言ったのか詳しく教えて」

巫香が興味を持ったので、ジュンから聞いた内容を端的に伝えた。和馬の母から、自分がプレゼントしたメッシュシャツと漫画のサイン本を返されたこと。検査中で転院するかもしれないからとの理由で、病名や病院を教えてもらえないこと——。

話を聞き終えた巫香は、いきなり推測を口にした。

「入院なんて嘘。和馬って人は今、警察の拘置所にいるんだと思う」

え？　と太輝と鈴女は同時に声を上げてしまった。

「巫香、なんでわかるの？　太輝くんの話を聞いただけなのに」

「わかるよ。はっきりわかる。これから説明する」

彼女はスマホを手にしたまま、早口で話し始めた。

「拘置所に入った場合、なんらかの危険が生じそうなものは差し入れ禁止なの。たとえば、紐のついた衣服とかタオルの場合、人の首を絞めたり拘束する凶器になるから差し入れはできない。メッシュシャツは伸びるからタオルと同じ扱いになる。サインが入った本は、その文字が外部からの暗号かもしれないのでNG。だから、メッシュシャツとサイン入りの漫画は返されたんだと思う」

唖然とした太輝だが、「それなら腑に落ちるな」と独り言ちる。

「つまり和馬さんは、何かの犯罪で被疑者になって、警察に勾留されているってことだよね？　彼のお母さんは、それを彼女のジュンさんに言えなかったから、病院だって嘘をついた」

「そういうこと」と巫香が太輝に頷く。

「勾留期間は、被疑者の段階だと最長で二十三日間。それまでに検察官が起訴するのか保釈するのか決めるの。もう二週間入ってるってことは、不起訴になって間もなく出てくるか、被告になって刑事裁判まで出られないか、そのどちらかだと思う」

「ちょっと巫香、急に弁護士みたいなこと言い出さないでよ」と言いながらも、鈴女の目は好奇心で光っている。

「なんであの人が捕まったのかも、だいたいわかる」

さらに巫香が言い切った。

「今度は探偵みたい。巫香ってミステリー好きだもんね。何がわかったの？」

「わかるなら教えてくれ。和馬さんは何をしたんだ？」

鈴女と共に巫香の顔を覗きこむ。彼女はフードを深く被り直してから、手にしていたスマホの画面を読み始めた。

「警視庁は、未成年の少女たちがガールズバーで働いているとの情報を得て捜査を開始し、今年七月までに世田谷区でガールズバー三店舗が一斉摘発され、経営者ら九人を児童福祉法違反などの疑いで逮捕。同時に従業員だった十五歳から十七歳の少女が補導された。また、同店で働いていた十七歳の少女にみだらな行為をしたとして、児童買春・ポルノ禁止法違反の疑いで世田谷区の元会社員（二十）を逮捕した。警視庁によると、男は『二十歳だと思っていた』などと供述している。――今朝、こんなネットニュースがアップされたの」

「……そのガールズバーって、このあいだのチケットの店？　逮捕された元会社員って、まさか……？」

衝撃で眩暈がしそうだった。

「え？　え？　ガールズバーってなに？」

太輝の言葉が理解できない鈴女に、巫香は言った。

「鈴女さん、お茶を入れ替えてもらっていい？　あと、あたしのアップルパイも温め直して、冷凍庫のバニラアイスを添えてほしいの。お願い。鈴女さんにもちゃんと説明するから」

「……わかったよ。あとで教えてね」

鈴女は手つかずのままだった巫香の皿と、空のティーポットを持ってキッチンへ行く。

巫香はわざと鈴女を追いやった。太輝とふたりで話がしたいのだろう。

「なあ、教えてくれ。あのガールズバーが摘発されるって、君は知ってたの？　売春してる未成年者がいることもわかってたのか？　和馬さんは意気投合してた女の子がいたんだ。スミレって子。美容師見習いだって言ってたけど、あの子が十七歳だったのかもしれない。君はわざと和馬さんをバーに行かせて、児童買春で逮捕させたのか？」

自分が思っている以上に、詰問口調になっていたかもしれない。

巫香はフードの奥から、太輝を冷ややかに見つめた。

「あのさ、あたしにそんなことできると思う？　冷静に考えれば、できるわけないってわかるはずだよ。だけど、あの店がヤバいって噂は知ってた。未成年を雇ってて調査が入りそうだとか、ウリをやってる子がいるとか。ネットにはいろんな情報が落ちてるからね。だから、和馬って人が引っかかればいいなとは思ってた」

悪びれた素振りも見せずに、淡々と話を続ける。

「あれは実験だって言ったでしょ。あたしは神様が罰を与えるか試してみたかったの。あの人があなたと店に行くのか。女の子の誘いに乗るのか。それがバレて罪になるのか。まさか、本当に罰が下るなんてね。……でも、ああいう人は早いうちに痛い目に遭ったほうがいいんだよ。歳取ったら変われなくなるから。それに……」

フードの奥から、ハシバミ色の瞳が覗いた。

じっと見ていると、魔法にかかったように動けなくなる。

「あたし、恋人がいるのに見境なく誰かを口説きまくる人とか、お金や権力で欲望を満たそうとする人が大嫌い。そんな人たち、この世から消えてほしい。その身勝手な行為のせいで、いつも弱い者だけが傷つけられる。あのジュンって人もそうだった。あたしにはそれが耐えられないの」

真っ当すぎて青さすら感じる言い分が、ただ眩しかった。

この十七歳の少女は、邪魔者を排除する方法を考え続けて実行した。女王蜘蛛のごとく獲物が好みそうな餌を垂らして、罠に食いつくのをじっと待っていたのだ。何も知らなかった自分を利用して。

だけど、悪感情は湧いてこない。むしろ、天晴だと思う気持ちが勝っている。なぜなら、和馬が凪の部屋で何をして、巫香がどんな目に遭っていたのか、すでに知ってしまったからだ。

「あの店にはミイって子もいた。おそらく中傷チラシを貼った子だ。彼女も未成年で、君の知り合いなの？　あの子を探して、中傷者も排除したかったのか？」

なるべくやさしい言い方をするように努力した。

「責めたいわけじゃないんだ。確かめたいだけ。僕は君の味方だよ。これからも、犯罪行為以外なら頼みごとを聞く。だから答えてくれないかな?」

少し迷っていたが、巫香は静かに声を発した。

「まだ調べてるとこ。あたしの知り合いだとしたら、あの子は十八だから補導対象者じゃないはず。今回の事件には関係ないよ。今はこれしか言えないけど、はっきりわかったら報告する。それまでは、彼女に近づかないで。あたし、あなたに嘘はつかないから」

「なんで? なんで嘘をつかないって言い切れる? なぜ僕に頼みごとをするんだ? 理由があるなら教えてくれよ」

「それは……」

何度か瞬きをしてから、彼女は目を伏せた。

「あたしの大事な人と、あなたはなんとなく似てるの。最初に会ったときから、ずっとそう思ってた。桜の道で会ったときから。……理由はそれだけ」

そのまま巫香は、爪を軽く噛んで横を向いてしまった。

「……そっか。君は桜並木ですれ違った僕を、覚えててくれたんだね」

口から出た言葉と、内心の言葉はまったく違っていた。

……そっか。僕は月人と似てるのか。僕からすると、君も月人に似てるよ。目的に真っすぐ突き進むひたむきさや、泥の中で咲く花のように気高く凛々しい佇まいが。だから僕はもう、君とは離れがたくなってるんだ。気恥ずかしくて口には出せないけど、それが本心なんだって、たった今気づいたよ。

邪魔者を排除するために危険な罠を仕かける、空恐ろしい少女。裏切ったら何をされるかわからない。だけど、だからこそ、もっと巫香自身のことが知りたい。

そんな欲求が、想像以上のスピードで高まっていた。

「わかったよ。この話はもう終わりにしよう」

太輝の言葉に、巫香はホッとしたようだった。

「やだもー、ふたりでなにヒソヒソ話ししてんの？　わたしも和馬くんのこと知りたいんだけど。はい、ホットアップルパイのアイスクリーム添え。それから熱いダージリンティーね」

鈴女が皿を差し出し、巫香が黙って受け取る。

それを機に、三人のお茶会が再開した。

太輝は鈴女に、巫香の推測をかいつまんで話した。

「――だから和馬さん、違法ガールズバーの摘発事件に巻き込まれたみたいなんです。捕まって勾留されてるのかも。未成年の女の子にハメられた可能性もありますね。まだ憶測にすぎないから、誰にも言わないほうがいいと思いますけど」

「わかった。余計なことは言うのやめとこう。陸さんにも話さないほうがいいよね？」

「そうですね。そのうちはっきりするでしょうから」

鈴女に答えながら、太輝は思っていた。

陸はジュンに、「和馬は必ず戻ってくる」と言い切っていた。メッシュシャツと漫画のサイン本を返されたと聞き、彼が拘置所にいるのだと気づいたのかもしれない。和馬が女性にだらしないことも知っている。だから、「和馬との関係を見直すべきだ」とジュンにアドバイスしたのだろう。なるべく傷つけないように曖昧な言い方で。

「うちの陸さんって、ホント大人ですよね。気遣いもできるし知識人だし。ダリア一途なところもスゴイなって思います」

「あら、太輝くんもそう思う？　実は、わたしも同感なんだ。ちょっとお人好しなところもいいんだよね。たまにお店に行って陸さんと話すとさ、なんかこう、やけに落ち着くんだよね……」

両手を組んだ鈴女の耳が、ほんのりと赤らんでいる。

――ん？　もしかして鈴女さん、陸さんが気になってたりしてる？

男女関係に疎い太輝でもそう感じたくらい、そのときの鈴女は女らしく見えた。

「ちょっと部屋に戻るね。眠くなっちゃった」

唐突に巫香が立ち上がり、リビングから廊下へゆっくりと歩いていく。

「あれは本当に眠いときの歩き方だわ。ホント気まぐれなお嬢なんだから」

鈴女が皿とカップを片づけようとしたので、太輝は急いで問いかけた。

「巫香ちゃん、被疑者の勾留についてやけに詳しかったけど、なんでですかね？」

「あー、それはね、身内にお騒がせな人がいたからだと思う」

いつもの朗らかな口調で、鈴女が言った。

「身内って、凪さん？」

「そう。三年くらい前の話なんだけど、凪が酔いつぶれて警察の世話になったことがあるのよ。通行人とトラブルになって通報されちゃったの。それで勾留されて家に帰れなくなって、顧問弁護士さんになんとかしてもらったんだ。そのときのこと、覚えてたんじゃないかな」

酒で警察沙汰のトラブルを起こし、娘を放置して若い男と遊びまくる母親。それでも、いないよりはマシだったと思うべきなのだろうか。巫香が凪をどう見ていたのか、無性に気になる。

「あの、巫香ちゃんについて、また話を訊いてもいいですか?」

「もちろんいいよ。太輝くんはあの子にとって社会との接点だからね。いろいろ知っておいてもらえると、わたしも助かる」

椅子に座り直した鈴女に、太輝は小声で質問を始めた。

「巫香ちゃんが子役タレントになったのって、本人の意思だったんですか? 今の彼女を見てると、芸能界に憧れるようなタイプには思えないんですけど」

「やっぱりそう思うよね。あの子をタレントにしたかったのは凪なんだ。それで自分と同じ事務所に入れて、芝居やダンスのレッスンをさせたの。巫香には才能があったんだよ。オーディションの合格率も高かった。だけどね、あの子のモチベーションは凪だけだった。母親に褒めてほしかったから、必死で頑張ったんだと思う」

「凪さん、いわゆるステージママだったんですね」

「うん。いろいろあってシングルマザーになって、お金には不自由のない暮らしをするようになったけど、凪は〝満足の袋〟に穴が開いてるようなところがあってね。娘に夢を託しちゃったんだと思う。だから、ものすごく厳しかったんだ。泣き言は絶対に許さないし、うまくできないと体罰を加えることもあったみたいで」

「体罰……？」

「直接見たことはないけど、巫香、よく痣ができてたんだよね。太ももの内側とか目立たないところに。太るからって理由で、食事も少ししか与えてもらえなかったみたい。そのせいで、すごく痩せちゃってて……。実はね、わたしがこっそりお弁当を作ってあげてたの。あの子、いつもむさぼるように食べてたよ……」

当時を思い出したのか、辛そうに顔をしかめている。

一心不乱に食べる幼き日の巫香が浮かんできて、胸が締めつけられた。

「そうか。だから鈴女さんは、今も巫香ちゃんのために料理やお菓子を作ってるんですね。彼女がいつでも食べられるように。お腹を空かせないように」

「……そうなんだと思う。あの子にはもう二度と、ひもじい想いをさせたくない。お腹を満たしてやることくらいしか、わたしにはできないからさ」

鈴女が瞳を潤ませる。きっとこの人にとっての巫香は、今でも腹を空かせた子どものままなのだろう。

「鈴女さんが巫香ちゃんのマネージャーで良かったです。巫香ちゃんは、鈴女さんの存在に何度も助けられたんでしょうね」

心の底からそう思う。

身近に愛情深い他者がいて、自分を気にかけてくれる。それは、当たり前のことではない。——尊い奇跡だ。

「でもね、凪にも事情があったんだよ」

すっと立ち上がった鈴女は、飾り棚から凪の写真集を取り出した。

「凪は、母親から否定されて育ったらしいの。『お前なんか産まなきゃよかった』って、いつも手を出されてたんだって。……こんな美人を産んだのにね。凪の母親も沖縄の離島で娘を育てたシングルマザーで、父親はアメリカ兵だったみたい。それ以上のことは知らないけど、ほかにも事情があったんだろうな」

パラパラと写真集をめくりながら、深く長く息を吐く。

「ハーフで抜群にキレイだったから、十六で家出してモデルになったんだけど、『売れて有名になることで母親に復讐したかった』って、よく言ってたよ。連鎖しちゃうみたいなんだよね、そういう親からの仕打ちって。わたしも近くで凪と巫香のこと見てたから、一時期はホント辛かったな……」

写真集を手にしたまま、どこか遠くを見つめた。

開いたページの凪は、真っ赤なシフォンのドレスを身にまとい、ウエーブヘアをなびかせて妖艶に微笑んでいる。

「……鈴女さん、いろいろと大変だったんですね」

それ以上、何を言えばいいのかわからない。

「今から思うと、巫香が子役だったときはまだ良かったんだ」

鈴女は、溜め込んでいたガスを一気に抜き出すかのように、話を止めなかった。

「十一歳で辞めたいって言い出したときは、とんでもない修羅場だったよ。巫香は、タレントを商品化する大人たちの思惑や、ライバル同士の足の引っ張り合いが耐えられなかったの。でも、凪は辞めるなんて許さないって、この部屋でヒステリックに暴れたわけ。で、ヤカンのお湯が巫香の腕にかかって大火傷させちゃって……」

巫香の右手首から肘にかけてあったケロイド状の火傷痕。あれは実の母親からつけられたものだったのかと、痛ましく思い返す。

「移植手術で治そうとしたんだけど、痕は完全には消せなくて。……それっきり、凪は巫香に興味を失くしちゃったの」

「興味を失くした？」

「うん。それまでは熱心なステージママだったのに、娘を置いて遊び回るようになっちゃったんだ」

児童虐待。育児放棄。毒親。毒母。

――そんな言葉たちが、頭の中で回って渦を描いている。

子役タレントという〝特別な子ども〟ではなくなったから、興味を失くしたというのか。それではまるで、ジョゼフィーヌだ。独占していた〝特別なダリア〟を盗まれた途端、ダリアへの興味を失ったジョゼフィーヌ。この逸話にたとえるのなら、ジョゼフィーヌが凪で、ダリアは巫香だ。

(――〝裏切り〟〝移り気〟。すごく人間らしい花言葉だよね。だからあたし、ダリアが好き。あたしの母親もダリアが大好きだった――)

多々木の渓谷で巫香はそう言った。あれは、自虐の言葉だったのではないだろうか。移り気な母親に裏切られた自分を嘲笑うことでしか、自我を保つことができずにいたのでは

……?

「わたしね、事務所を辞めたあとの巫香が心配だった。だけど、やれることは限られてて

ね。そうこうしてるうちに、わたしも結婚することになって……」

「え？　鈴女さん、ひとり暮らしだって言ってましたけど？」

「バツイチなのよ。同じ事務所のデスクと結婚したの。デキ婚だったんだけど、仕事中に流産しちゃって、それからうまくいかなくなったんだ」

さらりと重大な告白をしてから、鈴女は両手で口を覆った。

「……やだ。わたし、しゃべりすぎだよね」

「いえ、なんかすみません。辛いことを言わせてしまったみたいで」

「ううん。きっと話し相手を求めてたんだと思う。太輝くん聞き上手だから、つい話しちゃった」

「僕でよければいつでも聞きます」

「ありがとう。ホント言うとね、ここに来た一番の理由は、巫香が心配だったからなの。あの子が、亡くした子の代わりに見えることがあるんだ。そんなの勝手なエゴだって、わかってるんだけどね」

そんなことないです、と言えなかったのは、太輝も自分がエゴイストだと自覚していたからだ。聞き上手な好い人を演じているだけで、実際はどうやって情報を引き出そうか常に考えている。いい加減、嫌になってくるくらいに。

「また長居しちゃいました。そろそろ仕事に戻りますね」

「うん。陸さんによろしくね。そうだ、ハーバリウムありがとう。この家には白いダリアしか飾らないから、自分ちに飾るつもり」

ダリアの花首のドライ化に成功したので、それをガラス瓶に特殊液と共に入れて、ハーバリウムにしてみたのだった。赤、紫、オレンジなどの艶やかなダリアたちが、瓶の中で生花と変わらない美しさで花開いている。

「いつもご馳走になってるから、ほんのお礼のつもりなんです」

「うれしいよ。お花はどれだけもらってもうれしい。大事にするね」

「こちらこそ、よろこんでもらえてよかった。じゃあ、また」

太輝が立ち上がると同時に、廊下の先から悲鳴のような声がした。

「嫌っ！　嫌だってば！　お願いだからやめてっ！」

巫香だ。速攻で鈴女が彼女の部屋に入っていく。

「——大丈夫。また悪い夢を見たのね。大丈夫だから安心して。ほら、お薬も飲んでおこうね」

子どもをなだめるような鈴女の声が聞こえてくる。

居たたまれなくなった太輝は、音を立てないように忍び足で外に出てから、静かに玄関扉を閉めたのだった。

家では母親に翻弄され、学校ではいじめの対象になっていたらしき巫香。先ほどの鈴女の話からも、聞いてしまった本人の悲鳴からも、どれほど酷い目に遭ってきたのか想像に難くない。

それは太輝自身の生い立ちとも重なり、どうしようもなく心がささくれ立つ。

学生時代の太輝も、叔父から虐待に近い扱いを受けていた。まだ傷跡も残っている。そんな生活から逃げるために、アルバイトをして夜間高校をどうにか卒業し、家を出たのだ。親しい友人も作らなかった。やさしくしてくれた誰かを信じると、依存してしまいそうで怖かったから。

とにかく、早くひとりで生きていける能力を身につけたかった。弟を亡くして自暴自棄になっていたこともあり、軍資金が稼げるなら、何を運んでいるのかわからない危険な闇仕事でも厭わなかった。むしろ、闇仕事で手を汚すことで、わざと自分を陥れていたのかもしれない。無力でちっぽけで好きになれなかった自分自身を。

だから、自らをダリアにたとえて自虐していた巫香の気持ちが、少しだけ理解できるような気がしていた。

できることなら、巫香を歪ませるものすべてを排除してやりたい。彼女を安心させて、心から笑顔にしてみたい。それが、過去の自分を巫香に重ねて癒そうとする、エゴイスティックな代償行為なのだとしても。

――やっぱり、ミイラになっちゃったんだね。だから忠告してたのに。

久々に月人の声がして、「やめろ」と口走ってしまった。

「太輝くん、どうかした？ 僕、なんか間違っちゃったかな？」

花束をセロファンでラッピングしていた海が、キョトンとした顔で見ている。ダリアが売れ残らないように、くたびれてきた花を選んでラッピングし、二割引きで店頭に並べようとしていたのだ。

「いえ、なんでもないです。すみません、ちょっと気分がすぐれなくて」

「休憩してていいよ。兄貴も配達から戻る頃だし、あとは僕らがやっとくから」

「ありがとうございます」

人の好い海に一日任せて、バックヤードの椅子に腰かける。

まったく仕事に集中できない。身体が汗ばんでいる。店で弟の声がするなんて、己のイカれ具合も心配になってくる。

それほど今日は巫香のことで衝撃を受けたのだと、無理やり自分を納得させた。

店からコーポに戻ると、引っ越し屋のスタッフが二階から荷物をトラックに運んでいた。スタッフに指示をしているのはジュンだ。

「ジュンさん！」

急いで二階に駆け上がった。

「あ、太輝くん。見ての通り、引っ越すことにしたんだ」

「和馬さんは帰ってきたんですか？」

「ううん、まだ。でも、あの人が本当はどこにいるのか、お母さんが教えてくれた。警察の拘置所だってさ。しかも性犯罪の容疑で。もう呆れちゃうよ。犯罪者と同棲してたなんてバレたら、職場で大変なことになっちゃう」

ジュンは公立小学校の教員だと聞いている。確かに、一般的な仕事よりも厳しい目で見られそうだ。

「だからね、もう待つのはやめたの。私は別の未来を選ぶ。陸さんにいろいろ言ってもらって、なんかスッキリしちゃった。そうだ、北海道の実家からジャガイモが二箱も届いてたんだ。食べ切れないから一箱もらってくれない？」

「いいんですか？　めっちゃありがたいけど……」

「もちろん。じゃあ、あとで太輝くんちの前に置いとく」

「助かります。ジュンさんが元気そうでホント良かったです。あ、ちょっと待っててください」

速攻で一階の自室に行き、中からハーバリウムの瓶を持って二階に戻った。店から廃棄前のダリアをもらって、五個ほど作っておいたのだ。

「これ、手作りハーバリウム。ドライにしたダリアを特殊液に浸けたものです。長持ちすると思うので、よかったらもらってください」

「わ、キレイ。生け花みたいだね。ありがとう。またお店にも寄らせてもらうね」

「はい、お待ちしてます」

軽く挨拶を交わしてジュンと別れ、一階の自室に入った。

やっぱり、和馬さんとの修復は不可能だったんだな。彼女はまだ二十三歳。いくらでもやり直せる年齢だ。「別の未来を選ぶ」なんてスゴイ選択じゃないか。

自分もそうできたらいいなと思う。月人の謎を解明して過去の清算ができたら、ジュンのように颯爽とこの街を出て行きたい。でも……。

巫香の顔が浮かびそうになり、急いで追い払う。

今夜は無心になりたい。ビールでも飲んで早寝をしようと、冷蔵庫を開ける。

飲み慣れないアルコールの力で、太輝は寝間着に着替えもせずに眠りに落ちていった。

✿

数日後、仰天する出来事が店で起きた。

開店前のバックヤードに、和馬が現れたのだ。

長かった髪を刈り上げて、高校球児のようになっている。わかりやすい反省の態度とでも言えばいいのだろうか。その傍らには、陸が腕を組んで立っている。

「皆さん、ご迷惑をかけてすみませんでした」

和馬は太輝と海を前に、いきなり深々と頭を下げた。

「オレ、とんでもない間違いをしでかしました。あの、実は未成年だって知らないで、ガールズバーの女の子と遊んじゃって、それで……」

言いにくそうにしている和馬の肩に、陸が手を置いた。

「和馬は入院じゃなかった。警察に捕まってたんだ。相手との示談が成立したから、不起訴になって戻ってきた。それだけ言えばいいだろう。でな、またうちで働きたいそうなんだ」

陸が太輝たちを見つめる。

「別の問題で一度は辞めてもらったんだけどな。本人が猛省してるから、チャンスを与えてもいいかなって思い直したんだ。だけど、この店じゃない。千葉のダリア農家に行ってもらおうかと考えている。あっちで住み込みのアルバイトだ」

千葉の農家へ行かせるつもりなのか……。

太輝は隣の海をチラリと見た。兄の陸と似た穏やかな顔つき。この件は、すでに兄弟のあいだで話し合われているようだ。

「太輝はどう思う？　お前は和馬のせいで嫌な目に遭ったはずだからな」

何を言えばいいのか戸惑っていたら、和馬がその場で土下座をした。

「太輝くん、本当に申し訳ない。すべてオレが悪いんだ。オレはバカで図に乗ってて、平気で人を傷つけた。最低のクソ野郎だった。どうか許してください」

「やめてください。許すだなんて、僕はそんな高尚な人間じゃない。人をジャッジできるような立場じゃないんです」

そもそも、自分がガールズバーに連れていかなければ、この人は捕まることなんてなかったのだ。別件で同じようなことをしでかした可能性はあるけど。

ポツリと芽生えてしまった罪悪感を、それ以上膨らまないように捻りつぶす。

「オレは生まれ変わります。ダリアとも人ともきっちり向き合います。誰かに迷惑をかけるようなことは二度としません。そう決めたので、これまでのことは水に流してください。どうかお願いします」

土下座のポーズを取ったまま、和馬が懇願する。このままにしておくわけにはいかないので、とりあえず謝罪を受け入れることにした。

「わかりました。僕も和馬さんを応援しますから、土下座なんてやめてくださいよ」

「ホント？　ありがとう。ジュンからも聞いたよ。迷惑ばっかかけて本当にすまない。オレも独りになって、千葉の農家で一から頑張る。陸さんと海さんみたいな、ダリアのプロフェッショナルになってみせるよ。太輝くん、本当にありがとう」

今度はすっくと立ち上がり、つぶらな瞳で太輝の手を両手で握ってくる。

——思いのほか、温かい手だった。

なんだかんだ言っても、憎み切れない人なのだ。警察沙汰になってさすがに反省しただろうし、千葉の農園で生産者の修業をするのは、和馬にとって悪くない選択なのかもしれない。これで彼が生まれ変われたのなら、それは巫香のお陰だと言っても過言ではない。

「俺もいろいろ考えたんだけどな、失敗した人間が肩身の狭い生き方しかできないより、また這い上がれる世の中のほうがいいと思ったんだ。失敗から学ぶことは多いからな。和馬、チャンスを無駄にするなよ」

陸の励ましに、和馬は「はいっ」と勢いよく返事をした。

続いて、黒縁メガネを指で押さえてから、海がゆったりと口を開く。

「畑仕事はキツイかもしれないけど、ダリアを育てるのは最高だよ。自分が植えた球根から芽が生えて、大きくなって花が開く。丁寧に手入れをしていけば、摘んだあとも生き続けて、また花を咲かせるんだ。何度でもね。だから僕は、人間だって何度でもやり直せるって信じられるよ。あの感動的な命の循環を、ぜひとも体験してほしい。農園のスタッフはいい人ばかりだから、和馬くんも頑張って花を咲かせてね」

普段は寡黙な海が、これほどしゃべるのは珍しい。彼の中にもダリアへの情熱が溢れていたのだと、太輝は感じ入った。

「海さん、ありがとうございます!」

何度も礼を述べる和馬を、海と陸がやさしく見つめている。

公私ともに信頼し合っている戸塚兄弟。もしも月人が生きていたら、こんな風に互いを支えられる関係になれたかもしれないな……。

若干の羨ましさを覚えながらも、これから千葉に向かうという和馬を、快く送り出すことができた。

その夜、自宅に戻った太輝を、巫香が待っていた。

ワンピースの黒いフードを被り、両手で茶封筒を抱えている。

悲鳴を聞いてしまってから初めて会うのだが、いつもと変わらない様子だ。

全身を安堵感が駆け巡り、一目散に巫香の元へ走り寄る。

「どうしたの？ また夜の散歩？」

「ううん、頼みがあるの」

彼女は、ほんの微かに両の口角を上げげた。

「お店の定休日に、行ってほしいところがあるんだ」

それはまたしても、深い意図が込められた頼みごとだった。

第四章

誰かの正義は誰かの不義

「お店の定休日に、ここに行ってほしいの。陸さんと鈴女さんを誘って三人で。鈴女さんには休みを取ってもらうから」

巫香から手渡された封筒には、都内の有名アミューズメントパークのフリーパスが三枚入っていた。

「アミューズメントパーク？　なんで三人で行くんだ？」

「一番の目的はね、鈴女さんに楽しんでもらうこと。鈴女さん、陸さんが気になってるみたいだから、親しくなるきっかけを作ってあげたいの。だけど、いきなりふたりっきりで出かけるわけがないから、うまくセッティングしてみたいんだ」

その答えを聞いたとき、太輝は胸が高鳴った。そういう頼みごとなら大歓迎だと、よろこんだくらいに。

「でも、こういうとこなら四人のほうが自然じゃないかな。どうせなら君も来れば？」と巫香を誘ってみたが、「あたしは無理」とやんわり断られた。

「パニック障害って知ってる？　人ごみの中にいると、突然、息ができなくなったりする症状なんだけどね、あたし、前からその気があるの。だから、人の多い場所には出ないようにしてるんだ」

それで昼間は外に出ないのかと、やっと理解できた。

うなだれた巫香が幼い子どものように見えて、なんだか切ない。

「だったら三人で行くよ。でも、遊園地なんて行ったことがないんだ。中でどうしたらいいのかわからないかもなあ」

「あたしがアトラクションを調べておく。どこに行けばいいかLINEで誘導するから大丈夫。あなたはお友だちからフリーパスをもらったって言って、陸さんと鈴女さんを誘って。鈴女さんの携帯番号わかる？」

「LINE交換してある」

「よかった。じゃあ、まずは陸さんの都合を聞いてもらって、良さそうな日があったらあたしに教えて。そしたら、あたしが鈴女さんに話す。たまには羽根伸ばしてきなよって。それでOKになったらあなたに連絡するから、鈴女さんに電話してあげてほしいの。待ち合わせ場所とか時間とか。集合は午前中がいいよね。そうだ、鈴女さんにお弁当作ってきてもらおう」

自分は行けないのに、遊びの計画を自分事のように語る。痛々しく感じてしまった太輝は、彼女の言う通りに動いたのだった。

巫香の真意には、まったく気づかないまま。

✿

夏休み前のアミューズメントパーク。しかも平日だったので、それほどの混雑ではない。あいにくの曇り空だったが、「日焼けを気にしないでいいから」と、鈴女は終始ご機嫌だった。陸も先ほどから、鈴女と楽しそうに話をしている。

太輝たちは、大観覧車に乗っていた。都会のど真ん中にあるアミューズメントパークとあって、窓の外には高層ビル群が広がっている。こんなに高い場所から都内を眺めるのは初めてで、壮観なパノラマにひたすら圧倒されてしまった。

「えー？　チョコレートの香りがするダリア？　そんなのあるんだ」

「うん。見た目もチョコ色の花弁なんだ。大きな花芯も濃いカスタードクリームのような色で、そのまま食べたくなるくらい愛らしい。しかも、名前が〝セントバレンタイン〟。

出来すぎなくらいのナイスネームだよな」

「チョコでバレンタインなんてステキ！」

「だろ？　そろそろ入荷する頃だから、見においでよ」

「うん！　入ったらメールちょうだい」

「おう。……しかし、四十近い俺たちがまさかの観覧車。久々すぎて笑っちゃうよ。あ、太輝はまだ二十歳か。お前さ、一緒に連れてくる子とかいないのかよ？」

「いないんです。だからおふたりを誘っちゃいました。三人分のフリーチケットをもらったので」

「ありがとう、太輝くん。わたしもこんなとこ来るの久しぶりで、すっごく楽しい。さっきのジェットコースターもスリル満点で最高だった。ねえ、陸さん？」

「まあね。俺は園内で綺麗に整えられた緑を見られるだけでも、十分楽しいよ」

よかった、と胸を撫で下ろす。

午前中にゲートで待ち合わせをして、巫香の指示でいろんなアトラクションを巡った。クルクル回るカップで周囲の子どもたちの笑い声に包まれ、絶叫マシンで不本意ながら叫んでしまい、シューティングゲームで意外なほど命中率の高い陸の腕前に感心し……。

今はこうして、のんびりと観覧車に揺られている。

こっそりスマホをチェックすると、巫香からメッセージが入っていた。

〈次はランチタイム。どこかで食事しようって言って〉

ＯＫスタンプを押して、スマホをポケットに入れる。

「そろそろお昼の時間ですね。なにか食べに行きましょうか」

指示通りに伝えると、鈴女がうれしそうに「お弁当、作ってきたの」と、膝に置いてある角ばったナイロンバッグを抱えた。

「マジで？」と、陸が相好を崩す。

「うちのお嬢はお菓子以外あんまり食べないからさ、こんな機会にくらい張り切りたいと思って。このバッグね、クーラーボックスになってるんだ」

「いいねえ。鈴女さんの手料理が味わえるなんて感激だな。なあ太輝？」

「めっちゃ楽しみです」と調子よく返事をしながらも、若干の面倒くささを感じていた。陸の前でも味覚障害を誤魔化さなければならないからだ。しかし、食事だけ付き合わないわけにもいかない。

観覧車から降りると、陸が「休憩スペースに行こうか」と言ったので、三人でパラソル付きのテーブルに向かった。

「うわ、すごいご馳走だ。うれしいなあ」

「ホントですよね。鈴女さん、ありがとうございます」

「どうぞ、好きなだけ召し上がれ」

鈴女は紙皿と割り箸を手早く用意した。

テーブルに広げられた三段重ねの重箱には、見目麗しくも家庭的な料理の数々が詰め込まれている。

一段目に入っているのは、魚肉ソーセージ入りの出汁巻き卵。ミョウガとオクラのかき揚げ。新ゴボウと人参のキンピラ。ブロッコリーと茄子の胡麻酢マリネ。

二段目は、厚切りタンドリーポーク。鶏つくねの大葉巻き。サワークリーム入りジャンボエビフライ。

三段目には、ほぐし鮭・ちりめん山椒・梅肉と枝豆、三種類の酢飯おにぎりと、サツマイモのレモン煮が並んでいる。

どれもこれも、夏なので傷まないような工夫がしてあって感心しきりだ。

太輝は機械的に料理を口に運び、味の想像をしながら「美味しいです」を繰り返した。

本当に美味しいと感じられたら楽しいだろうな、と思いながら。

一方、陸は「ウマい！」と豪快に料理を平らげ、売店で買った缶ビールを心から美味しそうに飲んでいた。その姿に、鈴女が目を細めている。

ふたりの和やかな様子を、トイレに行く振りをして巫香にＬＩＮＥで報告する。ほとんど家にいる彼女のＬＩＮＥは、すぐ既読になるので時間のロスがなくてありがたい。

〈鈴女さんの弁当、陸さんがよろこんでる。もう全部食べ終わりそう〉

〈よかった。休憩したら、お化け屋敷に行って〉

〈了解〉

〈待って、連れてったらあなたは入らないで帰ってきて。ふたりっきりにさせたいから〉

〈なるほど。要するに、吊り橋効果を狙う計画か〉

〈笑えるくらい単純な計画だけどね。あと、もし可能なら陸さんとふたりのときにこう言ってみて。「鈴女さんはモテそう。好意をもってる男性が近くにいるかも」って、さり気なく〉

〈ライバルの存在を匂わすわけ？〉

〈そんな感じ〉

〈無理ならやめとくよ？〉

〈そこは任せる。お願いね〉

とんだ策士だな。そんなことして、逆効果にならなきゃいいけど。

とはいえ、巫香と一緒に鈴女と陸の仲を取り持つのは、思っていた以上にエキサイティングで悪くない行為だった。誰かを罠に嵌めるより、幸せにする行為のほうが遥かにいい。余計なお世話だと自覚はしているけど。

テーブルに戻ると、ふたりはビールを飲みながら夢中で話し込んでいた。

「……だから、ダリアも食べられるんだよ。花弁は食用菊のように使えるし、葉は天ぷらとかお浸しにもなる。球根は薄く切ってキンピラにするとウマいんだ。ポテトフライみたいに揚げてもいいしね」

「そうなんだ！　ダリアのソフトクリームがあるのは知ってたけど、球根までイケるなんて意外。それ、かなり興味あるな」

「うちの農園に来てくれたらご馳走できるよ。千葉だからちょっと遠いけど。君なら、もっといい料理のアイデアが浮かぶかもね」

「行ってみたい。でも、農園には和馬くんがいるんだよね？」

「あー、配達チェンジの件もあったし、アイツにはまだ会い辛いか。でも、きっと更生してくれると思うんだ。和馬みたいな甘ったれの都会っ子はさ、厳しい自然の中で汗水かいて暮らすと、いい意味で化学変化を起こすような気がするんだ」

「だといいんだけど。陸さん、お人好しなところがあるからちょっと心配」

「相手を信じることから始めないと、こっちも信じてもらえないから。裏切られたりもするけど、いちいちめげてたら先に進めないしな。当たって砕けろだ」

相手を信じないと自分も信じてもらえない、か。そうなのかもしれないなと、太輝は陸の言葉を心のメモに書き留める。

ふたりの会話がひと段落したので、巫香の指示に従って声をかけた。

「あの、よかったら、次はお化け屋敷に行きませんか？」

「ん？　お化け屋敷？　俺、まだ腹がこなれてないんだけど」

「わたしも。それにお化け屋敷って得意じゃないんだ。本気で怖くなるから」

マズい。拒否されるとは思ってなかった。どうしたらいいんだ……？

「ここのお化け屋敷、かなり人気なんです。行かないのはもったいないかなと思って。たぶん並ぶから、早めに行きたいんですよね」

とりあえず食い下がってみた。

「太輝が自己主張するなんて珍しいなあ。そんなに行きたいのか？」

「……できれば」

本当は興味なんてないし、入り口まで行ったら抜けるつもりだけど、なんとかして連れて行かなければ。巫香のミッションは完璧にこなしたい。

「まあ、せっかくの太輝のご招待だしな。行ってみようか」

「陸さん、ありがとうございます。そこまで怖いわけじゃないはずなんで、鈴女さんもぜひ」

「えー、外で待ってちゃ駄目？」

「大丈夫だよ。お化けなんて人が演じてるだけなんだから。俺がエスコートするよ」

陸がそう言った瞬間、鈴女の耳が赤くなった。

「……陸さんがそう言うなら、挑戦してみようかな」

「じゃあ、ここを片して行ってみましょう。鈴女さん、ご馳走さまでした」

太輝は率先して、紙皿や割り箸をそそくさとビニールに入れていく。

ふー、どうにかなりそうだ。ってか、このふたりマジでいい雰囲気だぞ。少なくとも鈴女さんはその気がある。問題は陸さんがどう思ってるかだけど、胃袋を掴まれてからのエスコート発言。脈ありなんじゃないか。

人の恋路になど干渉したくはないが、お似合いのふたりに見えたのは確かだった。

「ゴミ捨ててくるから、ちょっと待っててね」

鈴女が席を外したので、巫香のメッセージ通りにライバルの存在をほのめかしてみることにした。

「陸さん、鈴女さんの手料理、めっちゃ美味しかったですね。料理上手な人っていいですよね」

「ウマかったけど、今日はちょっと味が濃かったかな。夏だからわざとだろうけど」

ん？　今日は味が濃かった？　ということは……。

「もしかして、鈴女さんの料理を食べたの、初めてじゃないんですか？」

「……えーっと、弁当を差し入れしてもらったことが何度かあったんだ。それと比べただけだよ」

少しあわてた様子の陸。疑問を感じながらも、次の言葉を繰り出す。

「鈴女さんは面倒見が良くて明るいから、かなり男性にモテそうですよね」

「そうか？　俺にはよくわからん。鈴女はそういうとこ鈍感だから、自分がモテてても気づかないんじゃないか」

今、呼び捨てにした。さっきから何か違和感がある。鈴女に対する陸の言い方から、単なる友人以上の親しさを感じるのだ。

「陸さん、鈴女さんと仲がいいんですね」

「そ、そうだな。もう二年以上の付き合いだから。友人としてだけど」

やけに言い訳っぽい。これはもしや……。

「お待たせー。じゃあ、お化け屋敷いこっか」

戻ってきた鈴女に、太輝は早速確かめた。

「鈴女さん、前にも陸さんにお弁当の差し入れしてたんですか？」

「え？　そんなことしてないよ。なんで？」

不思議そうに首を傾げる鈴女と、「あれ、忘れちゃった？　何回かしてくれたじゃないか」と、しきりに鈴女に目配せをする陸。

これはもう、確定なのではないだろうか。

非常に訊きにくいのだが、思い切って尋ねてみよう。

「あの、間違ってたらすみません。もしかして鈴女さんと陸さん、お付き合いされてるんじゃないですか？」

ふたりが顔を見合わせる。

先に口火を切ったのは、鈴女のほうだった。

「バレちゃったかー。陸さん、お酒入るとおしゃべりになっちゃうからな。そうなの。ちょっと前から付き合ってる。だけど、巫香にはなかなか言えなくて……」

「まあその、俺たちもういい歳だしさ、別に公言する必要もないから。隠してたわけじゃないんだけど……なんかごめんな」

照れくさそうに陸が頭を掻く。

なんだよ、わざわざここに誘う必要なかったんじゃないかと思いつつ、「良かったです！」と祝福する。

「そういうことなら、お化け屋敷はおふたりだけで行ってください。僕は遠慮しておきます」

「なんだ、太輝が行きたいんじゃなかったのか？」

「そうよ。せっかく早くお弁当の片付けしたのに」

口を尖らせる陸と鈴女に、両手を合わせて頭を下げる。

「すみません！　本当はおふたりがいい感じになるようにお化け屋敷に誘いました。でも、その必要がないとわかったので僕は退散します。じゃあ、ゆっくりしてってください」

太輝はその場から駆け出した。

ゲートを抜け、駅の入り口付近で巫香に電話をかける。

「もしもし？」

『……どうしたの？』

「計画終了だ。あのふたり、すでに付き合ってたよ。鈴女さんと陸さんが白状した。僕はもうお役御免だ」

『そう。それが確かめられてよかった』

「確かめた？　交際を予想してたってこと？」

『鈴女さんの言動から、なんとなくね。これであたしも安心できる』

「安心って、まるで独身娘を心配する親みたいだな」

『鈴女さんはね、自分の失ってしまったものを、あたしに投影して埋めてるの。このままだと、彼女の時が止まったままになってしまう。それが心配だった。だけど、陸さんがいてくれるなら安心。だってあたしは、いつまでも鈴女さんと一緒にいられないから』

「一緒にいられない？　どういう意味？」

『なんだって始まれば終わるでしょ？　永遠なんてあり得ないし、結局のところ誰もが独りなんだから。でも、今の鈴女さんは独りでいるべきじゃないと思う。ちゃんと寄り添い合える人と、失くしたものを取り戻して、止まってた時を動かしてほしいの』

「もしかして、鈴女さんを遠ざける気？　あの人は君を本当に……」

『知ってる。だけどそれは投影だから。でも、早急に何かするつもりはないよ。ちゃんと時間をかける。じゃあ、またね』

――通話が切れた。

太輝の中で、電話をする前の高揚感が、寂寥感に変化していく。

鈴女さんが失ったもの。産めなかった子ども。血を分けた家族。

(――あの子が、亡くした子の代わりに見えることがあるんだ――)

平日だけだが甲斐甲斐しく世話を焼き、引きこもりの巫香と社会を繋がらせようとしている鈴女。まるで実の母のように。

そんな鈴女と巫香の想いに齟齬があると、なぜ思い至らなかったのだろう。

おそらく、鈴女を持て余しているのだ。本当は独りになりたくて。

来ないでほしいと思っているのだ。天原家に執着した和馬のように。

「……そっか。僕はまた、邪魔者の排除に協力してたのか……」

地下鉄のホームで電車を待ちながら、思考が口からこぼれ落ちる。

でも、そういう君はどうなんだ？　時計が止まったままなのは、鈴女さんと同じじゃないのか？　鈴女さんを動かす歯車が陸さんなら、君は誰の歯車なら未来へ動き出せるんだよ？　そのまま部屋という暗闇に閉じこもって、開花もせずに朽ちていくつもりなのか？

そこまで考えて、自分も止まったままでいることに苛立ちを覚えた。

僕を動かすたったひとつの歯車は、月人の死の謎を解くことだと思っていた。

だけど、だけど……。


気づけば、多々木の駅に到着していた。

そのまま真っすぐ、巫香のマンションへ向かう。門から中に入ろうとして、我に返った。

もう用事はないはずなのに、何をしに行こうとしていたのか。用もないのに気軽に話すような関係ではないのに。

引き返そうとしたら、ガラス扉の横に貼り紙が貼ってあるのに気づいた。近寄って見ると、また中傷チラシだった。

『死の魔女・天原巫香が暮らす５０１号室』

『いつまでも隠れてないで出てこい！』

『大変な災いが、魔女によってもたらされる』

『なるべく早く巫香を火炙りにしろ』

『早くしないと、また誰かが犠牲になる！』

赤い文字で書かれた、不愉快極まりないチラシ。

前回と同様に、証拠として五枚のチラシをスマホで撮影してから、迷うことなく四隅をテープで貼ったA４紙を剝がす。シトラス系の人工的な香りがする。おそらく、ガールズバーにいたミイの仕業だろう。懲りないストーカーだ。こんなくだらないチラシ、今すぐ捨ててやる。

――ん？　また誰かが犠牲になる？

その文言が妙に気になった。

また、ってことは、前にも犠牲者がいたってことだよな。一体、誰が犠牲になったんだ？　あのミイって子に尋ねれば、巫香の過去がわかるのか？　月人を知ってる可能性もあるよな……。

もう一度、チラシの文言をスマホの画像で見直した。五つの赤い文字をじっと見ていたら、あることに気がついた。

頭の一文字を平仮名にして並べ替えると、意味を成すのである。

『し』『い』『た』『な』『は』。

単純に並べるとそうなるが、入れ替えると「はなしたい」となる。

花死体？　それとも、離したい？　話したい？

念のために、前に撮った中傷チラシの画像も見直した。


『淫乱女が住む５０１号室』

『天原家は呪われた家だ！』

『妖気を放つ魔女の住み家』

『陰湿な魔女・天原巫香を追い出せ！』

『大変な事件が起きるぞ！』


ここから、頭の一文字を平仮名にして並べる。

『い』『あ』『よ』『い』『た』。

意味を成すように入れ替えてみる。——「あいたいよ」。

会いたいよ、だ。それしか考えられない。だとしたら、「はなしたい」は……。

「話したい」「会いたいよ」。

そう仮定していくと、ミイらしきストーカーは悪意に満ちた中傷チラシの中に、コンタクトを求める暗号を忍ばせていたことになる。

もしかして、これまで貼られてきたチラシにも同様の暗号が入っていた？　巫香は、太輝が剝がして持っていった前のチラシを見て、微かに口元を緩めた。あれは、暗号のメッセージを読み取ったからなのか？

チラシを畳んでリュックに入れた。次に会ったとき、巫香へ渡すべきかもしれないと思い直したからだ。と同時に、ミイと話したい気持ちが高まってくる。

なぜこんな歪な形で巫香にメッセージを送るのか知りたい。それにミイは、巫香の過去を調べるための、貴重な情報源になり得る可能性がある。

スマホで撮っておいたミイの名刺を確認する。メールアドレスが載っていた。

ＬＩＮＥのアカウントが消去されてしまったので、アポイントを取るならこのアドレスに送るしかない。巫香からは「彼女には近づかないで」と言われているけど……。

迷いに迷った末、スマホのメールでミイのアドレス宛てにメッセージを送った。

〈突然すみません。ガールズバーでお会いした太輝です。お店がなくなったようで、とても残念です。ＬＩＮＥも繫がらなくなってしまったので、こちらにメールします。もし、別のお店に移られたのなら、どちらなのか教えてもらえないでしょうか。ミイさんともう一度お会いしたいと思っています。どうぞよろしくお願いします〉

あくまでも客としてのメールにしておいた。ミイが別のガールズバーで働き始めているのなら、返信があるかもしれない。返信がなかったら、巫香の名前を出してまたメールをする。自分は巫香の知り合いで、内密の話があると誘う。ミイがストーカー行為をするほど巫香に執着しているのなら、興味を持つ可能性が大だ。

そこまで考えを巡らせてから、マンションの前から立ち去った。

✿

真っすぐ帰宅する気分ではなかったので、駅前のネットカフェで漫画を読んだ。

全十二巻の人気漫画を読み切って外に出ると、すっかり夜が更けている。スマホをチェックしてみたが、誰からもメッセージはない。

巫香のマンションに行きたい欲求と闘いながら、自宅の方向に足を進めた。

ポツッと雨が降ってきた。用意していたビニールのレインコートをリュックから取り出し、素早く着込んでから商店街を抜ける。

闇に包まれた多々木の渓谷を右に眺め、人っ気のなくなった歩道をのんびり歩いている
と、後ろから誰かの手に左腕を絡めとられた。

「真っすぐ前を見て」

「み、巫香ちゃん？」

黒いワンピースのフードを被った巫香が、太輝の腕をとったまま走り出す。彼女は片手
でシルクハットの花束と、閉じたビニール傘を抱えている。

「あなた、つけられてる。このまま走って」

「えっ？」

「いいから走って！」

訳もわからず巫香に引っ張られていく。

背後から誰かの足音が迫ってくる。

恐怖で心拍数が上がってくるのがわかる。必死で走り続けた。

「誰に追われてるんだっ？」

「わからない。とりあえず逃げたほうがいい。こっち！」

彼女は渓谷へと続く階段へ太輝を連れていく。

振り向くと、黒いキャップに黒マスクの追跡者が迫ってくる。

「手を離さないで」

巫香に手を引かれて階段を駆け下りた。後ろから追跡者も下りてくる。

そのまま暗闇の遊歩道を先に進む。街灯のない渓谷は、夜行の獣たちが潜む森のようで足がすくむ。だが、巫香は自身が夜行性動物のように慣れた様子で遊歩道を走り続ける。太輝は彼女の小さな手を握り、誘われるまま追走する。

急にグイと引っ張られた。遊歩道の脇に大きな岩があり、その裏側に回り込んだのだ。

「腰をかがめて」

巫香に小声で言われ、その通りにする。岩陰に隠れる形となった。

手を握ったままだったので、あわてて離す。手の温もりがなくなった途端に、不安と恐怖が倍増していく。

しばらくそのままじっとしていた。相変わらず、雨がポツポツと降っている。

追跡者の足音は途絶えている。闇の中で追うのを躊躇したのかもしれない。

「……うまく撒けたならいいんだけど」と巫香がささやく。

「足音が聞こえないから諦めたんじゃないか。でも、一体誰が僕を……？」

「顔は見えなかったけど、忍び足であなたの後ろに迫ってたの。だから、あたしがダッシュで追い越してあなたを引っ張った。……あ」

「え?」

「静かに。誰か来る」

遠くで小さな光が揺れていた。こっちに向かって来る。おそらく、光源はスマホのライトだろう。

岩陰で震えそうになりながら、光の主が通り過ぎるのを待つ。

どこかにじっと隠れているなんて、子どもの頃のかくれんぼ以来だ。だが、これは遊びではない。鬼は自分を執拗に追いかける人物。それが誰なのか、目的は何なのか、まったくわからないのが恐ろしくてたまらない。

しばらくそのまま息を殺していると、ハアハアと苦しそうに息をしながら、誰かが歩いてくる気配がした。心臓が破裂しそうになる。

岩を通り過ぎようとしたので、思い切って覗いてみた。やはり追跡してきたキャップにマスクの人物だった。黒いダボシャツにジーンズ。知り合いの誰かかもしれないと目を凝らしたが、暗くてまったく識別できない。

どうしたらいいのか一瞬だけ迷った。ここで隠れていたら、やり過ごせるかもしれない。だが、いつまた狙われるか皆目見当がつかない。それにこのままだと、誰に追われていたのかわからないままになる。それは真っ平ごめんだ！

覚悟を決めた太輝は、岩陰から飛び出して追跡者に向かって走った。

足音に気づいた追跡者が振り向こうとした瞬間、後ろから羽交い絞めにして動きを止めた。追跡者は手にしていたスマホを落として足をばたつかせ、太輝の腕を振り切ろうとする。その勢いでキャップが落ちた。髪の毛が短いのだけはわかる。

「誰だ？　なんでついて来るんだよっ！」

答えずに暴れる相手を押さえつけていると、巫香が自分のスマホのライトを点け、それを掲げながら近寄ってきた。追跡者の顔をライトで照らし、片手で黒いマスクを取り外そうとする。

「いやっ！　やめてっ！」

聞き覚えのある声。女だ。

思わず羽交い絞めにしていた腕を緩めてしまった。

マスクを巫香に外された女が、素早く太輝の腕から逃れた。そのまま逃げずに、太輝たちの前に立ち塞がる。

「ジュンさん……？」

巫香が照らす弱々しい光の中で、和馬と別れて引っ越したはずのジュンが、鬼のような形相でこちらを睨んでいた。

まさかジュンさんが？　なぜだ？　なぜこんな真似を？

ジュンは疑問符だらけで混乱している太輝ではなく、巫香を見ている。

「このクソガキ！　もう少しで追いついたのに邪魔しやがって。お陰で顔バレしちゃったじゃない。だったら、ふたりまとめてヤってやる！」

ジュンはダボシャツのポケットから何かの小瓶を取り出した。なぜかビニール手袋をしている。彼女は小学校の教員だ。教員なら手に入る瓶の凶器。まさか、化学実験で使う劇薬か？

「危ないっ！」

とっさに巫香を両手で抱きかかえ、頭を下げてジュンに背を向ける。

痩せた小さな身体を思いっ切り抱きしめて、攻撃から守ろうとした。

腕の中にいる少女と、自分の鼓動が重なる。

たった数秒なのに、永遠に続くような感覚すらしている。

「ねえ、もっと頭下げて！」

巫香が腕をすり抜け、ずっと持っていたビニール傘を素早く開く。その傘を太輝の背にかざした途端、バシャッと音がした。

ジュンが瓶の中身をぶちまけたのだ。

無色透明で無臭の液体。ビニール傘のお陰で直にかからずに済んだが、傘で弾かれた液体は周囲の草むらに飛び散り、草花を瞬時に萎らしてしまった。

「硫酸かっ？」

太輝が叫ぶと、「正解。希硫酸だけどね」とジュンが答えた。

表情の消えた声で冷静に応じる彼女が、異常に思えて背筋が凍りそうになったが、意を決してジュンのほうを向いた。巫香は太輝を後ろから抱え込む形で両腕を伸ばし、雫を垂らすビニール傘を握ったままでいる。

「巫香ちゃん、大丈夫？」

「うん。あなたは？」

「大丈夫だ、傘で助かった。コートも着てるし」

ビニール越しのジュンから目を離さずに、互いの無事を確認し合う。

「残念、傘持ってたんだっけ。こんな薄い希硫酸じゃビニールは溶けないからね。頭からかけてやろうとしたのにマジ残念。こっちはアンタたちに人生メチャクチャにされたんだ。このくらいの復讐、軽いもんじゃない！」

空になった瓶を握りしめて、ジュンが憎々し気に吐き捨てる。

第二の攻撃は来ないと踏み、太輝は巫香と共に立ち上がった。

「ジュンさん、何があったんですか？　僕が何かしたなら謝ります。理由を教えてください。お願いします！」

なぜ、そうなったのかわからない。月人の自殺理由と同様に。

その「なぜ」が「なぜ」のままで終わるのが、一番恐れていることだった。

「いつまで好い人ぶってんの？　本当は卑劣な嘘つき野郎のくせに。和馬が捕まったの、アンタのせいだったんじゃない。アンタがガールズバーに連れてったんでしょ、未成年が身体売ってるって噂のバーに。和馬から全部聞いたよ。アイツはアンタを恨んでなかった。自業自得だって言ってたよ。もう失うものがないからね。でもさあ、私は違うんだよっ！」

投げつけられた瓶が、太輝の肩に当たって落ちる。

「学校にバレちゃったんだよ、児童買春男と同棲してたことがさ。アイツは不起訴になったけどイメージ最悪じゃない。お陰で針の筵《むしろ》だよ。学校中で蔑まれて児童にまでシカトされて、毎日が生き地獄なんだよ！」

「なんでですか？　誰が学校に？」

「売春したスミレとかいう子がうちの卒業生だったんだ。和馬のバカがその子にベラベラしゃべったんだってよ。君の母校の先生が今カノだって。その子、和馬に本気だったんだってさ。で、腹いせで被害届出して和馬から示談金せしめて、ついでに私も攻撃されたわけ。学校に告発メール攻撃。とんだもらい事故だわ」

「だったら、悪いのは和馬って人じゃない」

巫香が口を挟む。

「和馬がクビになったのはアンタのせいでしょ、天原巫香。アイツが言ってたよ。店にチクリ電話したんだってね。で、和馬をバーに連れてったのは鏡太輝、アンタだ。ふたりでハメたんでしょ? バカで女好きな和馬を。私まで巻き込んでさ。こっちはね、あのバカ男に貢いで散々振り回されて、それでも嫌いになれなくて我慢して我慢して。その結果がこれだよっ!」

ジュンの両目から、涙がこぼれ落ちた。

「……どうしようもないクズ男だったけど、必ず帰ってきてくれた。私がいないとダメだって言ってくれた。……それなりに幸せだったのに。あのままでもよかったのに……。なんで……なんで私だけこんな目に遭わなきゃいけないのよっ」

酒乱の和馬に暴言を吐かれてカネまで貢いで。ほかの女性の影を知りながらも耐え抜いて。それでも幸せだった。それが、ジュンなりの幸せだったのだ。きっと、引っ越したことで想いを振り払ったつもりだったのだろう。だけど、スミレからの告発メールで学校中の噂の的になり、自暴自棄になった。過去の幸せを奪った者として、和馬をガールズバーに連れていった太輝に怒りを向けたのだ。

「……ジュンさん、ガールズバーに和馬さんと行ったこと、黙っててすみません。僕は、ジュンさんに恨まれてもしょうがないと思ってます」

「ちょっと待って」と、巫香が一歩前に踏み出した。

「この人にバーのチケットを渡して、和馬って人を連れて行かせたのはあたし。あなたの幸せを奪ったのもあたし。だから、全責任はあたしにある」

淡々と落ち着いた声で、彼女はジュンに打ち明ける。

「復讐したいなら、次はあたしだけを狙って。どんな方法でも構わない。思いっきりやってほしいの」

「何を言ってるんだ。正気か？」

つい窘《たしな》めてしまった。ジュンも巫香を凝視している。

「正気だよ。あたしがなぜそんなことをしたのかも話す。和馬って人があたしの母親とあたしの家で不純行為をしてたから。あたしがいるのに何度も。それなのに、あたしにも取り入ろうとしてきたから許せなかった。まさか捕まるとは思わなかったけど、そうなればいいと願ったのは本当。身勝手な人が痛い目に遭えば救われる人がいると思ってたし、それがあたしの正義だった。でも、そのせいであなたが苦しんでるのなら、あたしは間違ってたのかもしれない」

「アンタの正義……」

「そう。あたしの正義は、あなたの不義。だから今度は、あなたの正義であたしを罰せばいい。どんな罰でも甘んじて受け入れる」

まさかの展開に、ジュンはすっかり闘気を削がれている。

「ちょっと待って。僕から質問があります。もしかしてですけど、ジュンさんは和馬さんにまだ気持ちがあるんですか？　それで僕に復讐したかったんですか？」

ジュンは「わかんないよ！」と叫んでから、手袋を脱いで涙を拭った。

「だけど、もう職場に行きたくない。何もしたくない。でも、何かしてないと頭がどうかなりそうだった。別に捕まってもいいと思ってた。早く通報しなよ。私は太輝くんのあとをつけて希硫酸をかけた。傘がなかったら大変なことになってた。もう立派な犯罪者なんだから」

「いや、通報する気なんてありませんよ」

「……なんでよ？」

昏い表情のままだが、落ち着きを取り戻している。

「僕から見れば、ジュンさんは犯罪者じゃなくて被害者です。何も悪いことなんてしてないのに、告発メールのせいで職場に居づらくなった。被害を受けた人が白い目で見られるなんて、絶対に間違ってるって僕は思います。ジュンさんはきっと、ケアが必要な状態なんですよ。いろいろ重なって、心が悲鳴を上げてるんじゃないでしょうか。わかったような口を利いてすみません。だけど、本当にジュンさんが心配です。だから、ちゃんとメンタルケアは受けてほしいです」

「それは激しく同感」と、巫香が横で頷く。

「あなたには今、ふたつの選択肢があると思うの。まずは、捕まるリスクは覚悟で、あたしに罰を与えてすっきりする。もうひとつは、あたしが教える場所に行って、傷病手当金をもらって仕事を休む」

「はあ？　アンタさ、さっきからなに言ってんの？　ホント変な子だね」

眉をひそめつつも、巫香に興味を引かれているようだ。

「変なのは知ってる。もう一度言うね。あたしに罰を与えて復讐するのか、お金をもらいながら休んで好きなことをするのか。どっちがいいのか選んでみて」

不思議なことに、人はどんな状況であっても、選択肢を与えられるとつい選んでしまうものらしい。

ジュンはしばらく考え込んでから、そっと口を開いた。

「アンタを罰したって一文の得にもならない。だったら休職したほうがマシ」

「わかった。じゃあ、明日から休んで、多々木のハークリニックに行って」

「ハークリニック？」

「そう。あたしも通った信頼できる心療内科。そこで、自分の身に起きたことと、そのせいで精神的にやられて仕事に行けなくなってることを素直に言う。先生が休職を勧めてくるはずだから、傷病手当金の手続きをして。保険組合から手当金が出る。最長で一年半。そのあいだは、クリニックに通うだけで好きに過ごしていいの。心のリハビリだから旅行だって大丈夫。十分休めばまた選択肢が増える。職場復帰、転勤、転職。それ以外にもいろいろ可能性が増えると思う」

太輝は呆気に取られていた。

この子は何者なんだ？　まるで産業カウンセラーのようだ。

――しばらくのあいだ、沈黙が続いた。

巫香の掲げるスマホのライトが、闇の渓谷に降り注ぐ霧雨を照らしている。

「……もういいよ。拍子抜けってやつ」

憑き物が落ちたような表情で、ジュンがつぶやく。

「太輝くん、迷惑かけちゃってごめんね。私、おかしかったよね。悪いのは和馬で、彼から離れるって決めたのは自分なのに、人のせいにして行き場のない怒りをなんとかしようとしてた。本当にごめんなさい。謝って許されることじゃないけど」

「いえ、僕ら自身には何も被害がなかったし、飛び散った希硫酸は雨が洗い流してくれると思います。それよりジュンさん、マジで休んでくださいね。あと、しばらくは独りでいないほうがいいかもです。誰でもいい。頼れる人がいるなら一緒にいてほしいなって、思っちゃいました。また余計なことだったらすみません」

「頼れる人……。こういうときに思い知らされるよね。そこまで頼れる人っていないんだなって。実家は遠いしさ、独りでなんとか頑張るしかないね」

とても寂しそうに、ジュンが目を伏せる。

「だったら、うちに来てもいいよ。部屋は余ってるし、平日の午後は食事を作ってくれる人もいる」

巫香の意外すぎる提案に、ジュンが仰天した。

「ちょっと、マジで言ってんのっ？」

「うん。このスペアキーがあればうちに入れる」と、ポケットからカードキーを取り出した。

「ただし、このスペアキーはあとひと月くらいしか使えない。防犯で定期的に替えてるから。そのあいだだけなら、いつ来てくれてもいい。あたしはインターホンが鳴っても出ないから、キーを渡しておく」

差し出されたカードキーを、ジュンがおずおずと手に取る。

「……あんなことしたのに、私を信じちゃうわけ？」

「信じる。あたしは、あなたを傷つけてしまった責任を取りたいの。だからあたしのことも信じてほしい。独りでいると余計なこと考えがちだから、辛くなったらいつでも来て。あたしは部屋からほとんど出ないし相手もしないけど、環境を変えてみるだけでも気が紛れると思う」

真剣な声音。この子は本気でジュンを心配しているのだ。そして、どうにか助けようとしている。誰かの身勝手な行為で傷つけられた弱き人を。

太輝は感動すら覚えていた。

「僕も配達で寄らせてもらってるんですけど、広くて居心地のいいお宅です。ハウスキーパーの鈴女さんは料理上手ですごく好い人なんです。試しに行ってみるのもいいと思いますよ」

そう後押しをすると、ジュンは目元の雫を拭って微笑んだ。

「そんな提案してくれる人、初めてだよ。ありがとう。……でも、気持ちだけで十分。このカードキーはお守り代わりに受け取っておく。どうしても人恋しくなったら、お邪魔するかもしれないけど」

「使えるのはひと月だけだからね。うちの住所わかる?」

「知らない」

「じゃあ、行くときは僕に連絡ください。彼女の家まで案内しますから」

そうジュンに言い足しておいた。

「……太輝くんたち、なんかいい感じだね」

予想外の言葉が返ってきた。

何も答えられずに、隣にいる巫香のフードを見下ろす。

「ふふ、ジョーダン。酷いことしちゃったのに、本当にありがとね。まずはハーツクリニック、行ってみる」

「明日、朝一で予約入れて」

生真面目に巫香が言ったので、ジュンが「面白い子」とまた笑みをこぼした。

「ねえ、なんでそんなに傷病手当金に詳しいの？　まだ働いてないはずだよね？」

「クリニックに行くと資料が置いてあるから、それを読んだだけ。意外と知らない人が多いんだよね。心の負担で辛くなるのも傷病なのに、無理して仕事や学校に行く。行かなきゃいけないって思い込む。それで、もっとおかしくなって壊れてくの。……そこから逃げたって、全然いいのに」

やけに力のこもった言い方だった。

「それであなたも高校に行かないわけ？」

「まあ。あたしが行くべき場所じゃないと思う」

「わかる気がする。あなたみたいな子にとって、学校は不要なシステムなのかもしれないね。息苦しいばかりで」

教員でもあるジュンは、しきりに頷いていた。

それから三人は希硫酸がかかった傘と空き瓶を処分し、巫香に誘導されて渓谷から公道に戻った。

大降りになるかと思った雨は、いつの間にか止んでいたようだった。

「──ジュンさん、気をつけて。いつでも連絡ください」

「うん。今夜は本当にごめんなさい。ありがとね」

ジュンを先に送り出した太輝は、すぐさま巫香に礼を述べた。

「また君に助けられたね。お礼がしたいな。大福でもいいかな？」

「今夜はいい。岩陰に花束を置いてきちゃったから、渓谷に戻る」

「あの暗闇に？」

「言ったでしょ。あそこはあたしの庭だから大丈夫なの」

「シルクハットの花束か。前にも渓谷に持ってってたよね。もしかして、どこかに手向けてるの？」

問いかけると、「秘密」と即答された。

「詮索されるのは嫌いなの。ついてこないでね」

「わかったよ」と苦笑しながら、「君に渡したいものがあったんだ」とリュックの中からチラシを取り出す。

「今日、マンションの前を通ったときにまた見つけた。中傷チラシだ。すぐに剝がしたけど、勝手に捨てるのはどうかと思って取っておいた。見たくないなら僕が処分しておくよ」

チラシを差し出したら彼女は黙って受け取り、「あたしも、あなたに言いたいことがあった」と太輝を見上げた。

「さっきは大ごとにならなくてよかった。ケガがなくて本当によかった。自分の勝手な正義で他人を傷つけたあたしには、いつか天罰が下ると思う」

黒いフードを被ってうつむく彼女が、とても小さく見える。

抱きしめたくなる衝動を、どうにか抑え込んだ。

「そんなこと言わないでくれよ。君だって傷つけられた被害者なんだから。できることなら僕にケアさせてほしいって、本気で思うよ」

息を吐くかのように自然に、本音が口から飛び出てきた。

「……だから、ここで待っててもいいかな？　家まで送らせてほしいんだ」

断られるのを覚悟で提案すると、意外なことに巫香はフードを深く被り直し、「わかった。すぐ戻る」と穏やかに言い残してから階段を下りていった。

安堵で胸を撫で下ろし、巫香の消えた渓谷の暗がりを見つめる。

ふいに、パッヘルベル『カノン』のピアノ音が、頭の中でループし始めた。

巫香と一緒にピアノを弾いて、一緒にお茶を飲む。

その光景を想像すると、胸の奥底がじわりと温かくなっていく。

いつの間にか、こんなにも天原家のお茶会が楽しみになっていたことに驚く自分がいた。それが永遠に続くわけではないと、わかってはいても。

――ケアされてるのは自分のほうかもしれないな。月人、どう思う？

……幻の弟は、何も言ってこない。

それにしても、すごい子だなと感慨深く巫香を思い返す。自分には考えつかない言葉を口にし、想像もしていなかった方向に話を導き、問題を解決してしまう。

知れば知るほど、心が巫香の色で染まっていく。彼女の行動は、あの子なりの正義に基づいている。その正義に僕も共鳴できる。彼女と弟のあいだに何があったのかはまだわからないけど、この先どんな展開になろうとも、自分は巫香の味方でいたい。いられたらいいと強く願う。

そんな青臭いことを考えながら、太輝は巫香が戻ってくるのを待っていた。

岩陰に置いてきた花束を巫香がどうするのか、追及したい気持ちは心の隅に追いやって。

「お待たせ。やっぱり買ってもらおうかな、大福」

戻るや否や、巫香におねだりされた。

「もちろん。何個でも買うよ」

太輝は弾むような気持ちで、彼女と一緒に和菓子店へ行った。

巫香には大福と豆大福を一個ずつ買い、ついでに自分用の大福も一個買ってみた。月人の好物だったらしき大福を、食べてみたくなったのだ。

ふたりで肩を並べて、巫香のマンションに向かう。再び訪れた貴重な時間。相手の歩幅に合わせてゆっくり歩いていると、ふいに彼女が口を開いた。

「ダリアの花って、見てると意識が吸い込まれそうになるんだ。あたしだけかな？」

「僕もそうなるよ。昔からそうだった」

巫香も自分と同じだったのかと、うれしさが込み上げる。

「うちの陸さんに聞いたんだけど、ダリアのような自然界の幾何学模様は、人の前頭葉に刺激を与えるんだって。そのせいなのかなって思ってる」

「かもね。それにダリアの造形は〝フラワー・オブ・ライフ〟とも重なるし」

「フラワー・オブ・ライフ？　なにそれ？」

「そういう名前の模様。真ん中に円のマークを描いて、その上から時計回りに同じ大きさの円を等間隔に連ねていくの。黄金比率で七個以上。そうすると円が均等に重なり合って、花のような模様になるでしょ」

やや難解だったが、頭の中でいくつも円を重ねてみる。

「――なんとなくだけど、確かに花みたいになるな」

「それがフラワー・オブ・ライフ。自然界のＤＮＡにもこの黄金比率が組み込まれているらしいの。たとえば、ダリアの花弁とかヒマワリの種のつき方。……あと、受精卵の細胞分裂とか」

コトン、と心臓が鳴った。巫香の口から受精卵などという言葉が発せられるとは思ってもいなかったからだ。十七歳のミステリアスな少女が、いきなり女であると意識させられた気がした。

そんな内心の動揺など微塵も出さずに、「なるほど」と相槌を打つ。

「それで、『生命の根源や宇宙の森羅万象を表す形』として、〝神聖幾何学模様〟とも呼ばれてるの。この模様はレオナルド・ダ・ヴィンチも書き残しているし、エジプトのオシリス神殿、イスラエルの古代シナゴーグ、インドや日本の仏教寺院なんかにも刻まれてる。魔除けの効果があるとも言われてるみたい」

「神聖幾何学模様か。面白いな。じゃあ、ダリアを家に飾るだけで魔除けになるんじゃないかな？」

「どうだろ？　あたしはそういうオカルト的なこと、信じるタイプじゃないけど」

「信じてみようよ」と、力強く言い切った。

「人間って案外バカだから、何かを思い込むと脳が『本当だ』って信号を送ってくるんだよな。だからさ、ダリアには不思議なパワーがある、飾ってるだけでいいことが起きるって信じれば、実際にそうなると思うんだ」

真剣に信じたい。この子にも信じてほしい。

静かに横を歩いていた巫香が、「いいと思う」とささやいた。

「信じる者は救われるって言うしね。……あ」

前方から風が吹き込み、黒いフードが脱げた。

鼻筋の通った端正な横顔があらわになり、視線が吸い寄せられる。

さっさとフードを被り直してしまったが、愛らしい顔をいつも隠していることに、残念な気持ちがこみ上げてくる。

いつの日か、素顔をさらけ出した巫香と歩いてみたい。互いの胸の内を明かし合って、子どもの頃のように純粋な気持ちで。

「――ここまででいいよ」

マンションの近くで巫香が言った。

「じゃあ、気をつけて」

「そっちこそ、また誰かに狙われないように気をつけて。またね」

含み笑いとジョークを残して、彼女は去っていった。

速攻で帰宅し、机に置いてあった手作りハーバリウムのダリアを眺めてみる。

神聖な幾何学模様。フラワー・オブ・ライフ。その神秘のパワーで、自分と巫香ちゃんが抱える問題を、すべて解決してください。

などと願いながら、買ってきた大福を齧ってみた。

柔らかくてモチッとした食感。ほのかな甘味の中に微かな塩味も感じる。

弟の好きだった味。小豆餡のふくよかな美味しさを想像する……。

——ほんの少しだけ、前よりも味覚がはっきりしてきたような気がした。

単なる思い込みかもしれないけど。

✿

それから一週間ほどが経ったある夜。

仕事を終えた太輝は、陸と海の兄弟と共に天原家を訪れていた。

「いらっしゃい。もう準備できてるよ」

鈴女が太陽のような笑顔で三人を迎えてくれた。リビングのほうから料理の香りが漂ってくる。

今夜は巫香の十八歳の誕生日。鈴女が巫香の許可を得て、『THE DAHLIA』のスタッフを夕飯に招いてくれたのだ。「誕生日の食事会なんて無理」と、本人は頑なに嫌がっていたらしいのだが、「これが最初で最後」という条件でどうにか承諾してくれたという。

「おじゃまします」と口々に言いながら、男三人でリビングへと向かう。

ダイニングテーブルの中央にシルクハットが飾られ、その周りにずらりと料理が並んでいる。

色とりどりのカナッペ、トウモロコシとコンソメのジュレ、トマトの詰め物、夏野菜の煮込み、シーザーサラダ、チキンの丸焼き、シーフードパエリア、フライドポテト。ワインやジュースも用意されていた。

「あ、陸さんの弟さんですね。はじめまして、八坂鈴女です」

「戸塚海です。兄がお世話になってます。今夜はお招きありがとうございます」

「早くお会いしたかったんですけど、なかなかお店にいく時間がなくて。こんな機会が作れてよかったです。さあ、席に着いてくださいな。どこでも好きなところでいいから」

「鈴女さん、巫香ちゃんは？　みんなでプレゼント買ってきたんですけど」

太輝が抱えていたフルーツバスケットを差し出す。メロンやらマンゴーやら、旬の果物が美しく盛られている。

「わあ、豪華だね。よろこびそう。呼んでくるから待ってて」

パタパタとスリッパを鳴らし、鈴女が玄関からすぐ右手にある部屋をノックする。

ほどなく、いつもの長袖ワンピースのフードを被った巫香が、のろのろと部屋から出て廊下を歩いてきた。今日のワンピースの色はネイビーだ。

「巫香ちゃん、久しぶりだね。誕生日おめでとう！」

陸がよく通る低音ボイスで言い、それぞれが「おめでとう！」と続ける。海は初対面の巫香に簡単な自己紹介をしてから、改めて祝いの言葉を口にした。

「……うん。お祝いはもう十分だから、この先はあたしをスルーしてね」

予想通り、愛想の欠片もない受け答えをする。

「もー巫香ったら。ありがとう、くらい言えばいいのに」

鈴女に戒められたが、巫香は照れくさそうに下を向く。よろこんでないわけではなさそうだ。

「では皆さん、乾杯しましょう。この場の全員の前途を祝して、乾杯！」

太輝が音頭を取った。あえて巫香の誕生日には触れずに。

各自が飲み物のグラスを掲げ合い、和やかに食事が始まった。

鈴女はこまめにみんなの皿に料理を取り分け、隣の陸が「ウマい！」を連発する。海もワインを飲み、料理に舌鼓を打っている。横にいる巫香も、野菜料理をゆっくりと咀嚼している。

よし。自分も楽しんでる振りをするか。

どうせぼやけた味しかしないだろうと思いながら、パエリアを口に入れた。

……えっ⁉

食欲をそそるサフランの香り、海老やムール貝の出汁、赤いパプリカの甘みと、それらをすべて吸い込んだ米の旨み。これまで感じなかった美味しさの固まりが、舌の上でとろけていく。

……う、ウマい！

味覚が戻ったのかもしれないと、他の料理も食べてみる。

——驚いたことにちゃんと味がする。旨い。どれも本当に旨い。まるで殺風景だった白黒の世界に、鮮やかな色がついたようだ。

不覚にも涙ぐみそうになった。

「太輝くん、いつも本当に美味しそうに食べてくれるよね。うれしいなあ」

にこやかに鈴女が見ている。

「美味しいです。マジで美味しい……」

もう味わっている振りをしなくてもいい。素直に食事を楽しんでいいのだ。

誰かに何かを赦されたような気持ちになり、よろこびが湧き上がってくる。

巫香が小首を傾げてこちらを見ている。

軽く微笑むと、彼女も微かな笑みを覗かせた。

……心がふわりと軽くなる。

こんな風にこの部屋で、知人たちと食卓を囲む日が来るなんて、初めてここに入ったときは想像もしていなかった。月人の死の謎を探りたくてアルバイトを始め、天原家に潜り込んで鈴女から情報を引き出し、弟の彼女だったと思われる巫香にどんどん近づいていった。

だが、いつの間にかこの部屋に来ること自体が、楽しみになってしまった。

完全にミイラになった自分を、否定する気にはなれない。むしろ、過去の呪縛から解かれつつあるのではないかと、好ましく感じている。己に課した使命を忘れ去る気はないが、今はこの寛ぎの時間に身を任せていたい。

（こういうの　にがて）

巫香が椅子の肘を軽く叩き、モールス信号を送ってくる。

（わかる　がまん）と太輝も送り返す。

誰にも気づかれないふたりだけのやり取りが、愉快でたまらない。

食事がある程度進んだ頃、巫香から（ぴあの　ひこうか）と誘われた。（いいよ）と打ち返してから、太輝は一同に宣言した。

「すみません、巫香ちゃんと一緒にピアノ弾かせてもらいます」

おお、と拍手が湧き上がったので、「あの、BGMとして聞き流してください」と注釈を加える。

ふたりでグランドピアノに向かい、連弾を始める。

パッヘルベルの『カノン』。正確に言うと、『3つのヴァイオリンと通奏低音のためのカノンとジーグ　ニ長調』の前半部分をピアノにアレンジしたのが、この『カノン』だ。

続いて、バッハ『G線上のアリア』、ドビュッシー『アラベスク 第1番』、シューマン『トロイメライ』と、巫香好みのメロディアスなピアノ曲を連弾で奏でていく。何度もふたりで弾いてきたので、どの曲も呼吸は完璧になっている。

伴奏担当の巫香は左手。メロディー担当の太輝は右手。互いの片手を自分の意思で動かしているかのように、美しく音が重なり合う。

跳ねる。跳ねる。音の光が跳ね回る。ピアノを奏でる楽しみが、いつもの面倒な思考を完全に食い止めて、クジラの森へと誘ってくれる。そこは、誰にも干渉されない聖域。かつては月人と、今は巫香と過ごす、ふたりっきりの美しい世界──。

──やがて、周囲が拍手で包まれた。

まるで学芸会のようになってしまったけど、鳴り止まない拍手喝采が、何物にも代えがたい多幸感を与えてくれた。

「マジか！　太輝、ここに配達で通ってるうちに、巫香ちゃんとピアニストになってたんだな。鈴女からは聞いてたけど、すごいじゃないか！」

「いや、大したもんだ。僕もビックリしたよ。息もピッタリだしね」

「でしょう。陸さんたちにも聴かせてみたかったの。どんどん上達してくのが、わたしも見てて楽しかったんだ」

「今度さ、ふたりでストリートピアノとかやってみたらどうだろう。絶対ウケると思う。あ、連弾動画をユーチューブにアップしてもいいかもよ」

「海、それナイスアイデアかも。俺、ダリア動画用のチャンネルがあるから、そこでアップするのはアリかな？」

勝手に盛り上がる大人たち。巫香は（いや）と信号を叩く。

「陸さん、すみません。僕ら、ユーチューブは興味なくて。聴いてくださってありがとうございます」

「ああ、勝手言ってごめんな。今日は来てよかったなあ。ウマい料理とピアノ演奏。最高に贅沢な気分だよ」

「美味しいの、まだまだあるよ。手作りのバースデーケーキも用意したんだ」

鈴女が運んできたのは、スクエア形のスポンジに、生クリームと苺がたっぷり載ったショートケーキだった。

陸が「すごいな！　鈴女、こんなのまで作れるんだ」と歓声を上げる。「これはプロ級だね」と海も感心している。

「巫香はあんまり好きじゃないと思ったから、ネームプレートとかロウソクはやめておいた。切り分けちゃうね」

それからはデザートタイムになり、太輝は初めて鈴女のケーキを堪能した。

ミルクが香る濃厚な生クリーム。甘さ控えめで卵黄の味がするスポンジ。瑞々しい苺の酸味。それらが一体となって味覚中枢を強烈に刺激する。

こんなに美味しかったのかと、また感動が押し寄せてきた。


「ちょっと聞いてもらってもいいかな」

ワインでご機嫌になっている陸に、全員の視線が集まった。

「実はさ、うちの店を六本木に移転させる計画があるんだ。もっとフロアを拡大してダリアの種類も増やす。カフェを併設して、ダリアの花や根を使ったスイーツなんかも出せたらいいなって考えてる。丁度いい物件が出てるから、実現に向けて動くつもりだ」

初めて聞く話だった。さすが、ダリアのために常に前進している人は、考えることがダイナミックだ。

「もっとスタッフも増やしたいし、太輝には社員になってほしいと思ってるんだ。プランニングなんかも学んでほしい。お前は真面目だし気も利くから、もっと大きなことにチャレンジしてもいいんじゃないかな。ほら、前に作って見せてくれたハーバリウム。どれもいい出来だったから、商品化も考えてるんだ」

陸にそう言われたとき、感謝の念と同時に抵抗も感じてしまった。

自分には荷が重い気がしたのだ。

大志を抱く陸は、〝正しい大人〟だと思う。だけど、太輝は正しい大人になる気などまるでなかった。今はただ、好きなダリアの花に囲まれて、巫香との仲を深めていきたい。彼女の神秘のベールを剝がしていって、月人に関する話を引き出したい。そして、何があっても巫香の味方であり続けたい。それ以外の大きな目標などいらなかった。

だから、「考えておきます」と曖昧な返事しかできずにいた。

「お店が六本木に移っても、ここにダリアの配達はしてもらいたいな。わたしはずっと巫香のそばにいる。凪が帰ってくるまでは、ここで巫香を助けてあげたいの」

ワインで酔った鈴女も、機嫌よく笑っている。

巫香がどう思っているのか気になったが、彼女は無言のままケーキを食べていた。

誰もが満腹状態でお開きになった。

「また集まりたいよね」と、鈴女は何度も言っていた。「ふたりのピアノがまた聞きたいしな」と陸も賛同し、海も「ぜひ」と微笑んでいた。

しかし、この夜が本当に〝最初で最後の食事会〟になってしまった。

何かが崩れ始めたのは、巫香の最後の一匹だった金魚が、衰弱した頃だった。

第五章

唄を忘れた炭鉱のカナリヤ

「ごめんなさい。今日はピアノ、遠慮してもらえるかな」

シルクハットの配達で訪れた太輝に、鈴女が玄関先で申し訳なさそうに言った。

「何かあったんですか？」

巫香は姿を現さない。

何かが起きた予感で、胸の奥がざわざわと騒ぎ始める。

「金魚がさ……。もう最後の一匹だったのにね。巫香、水槽持って部屋に閉じこもっちゃったの」

息絶えてしまったのだ。巫香の大事にしていた赤い金魚が。

「そう、ですか。では、またの機会に」

「うん。すぐ落ち着くと思うから」

「彼女によろしくお伝えください。失礼します」

玄関扉を閉めようとしたら、巫香が自室から飛び出してきた。

黒いワンピースのフードを被り、金魚の亡骸と水の入ったビニール袋を持っている。そのままリビングに急行し、シルクハットを手に素早く戻ってきた。花瓶に生けられていた花だ。玄関でロングブーツを履いて、太輝の横をすり抜けて出ていく。

「巫香！　ちょっと、どこ行くのよ？」

鈴女の声にも反応せず、巫香はエレベーターのほうに消えてしまった。

「太輝くん、あの子大丈夫かな？　今日は全然しゃべらないし食事も取らないし、ちょっと心配なんだ」

「あとを追ってみましょうか？」

「うん、お願いできたら助かる」

「わかりました」

すぐさま太輝もエレベーターに向かったが、すでに下降を始めていたので、横の非常階段を駆け下りた。息を切らして一階のエントランスに足を踏み入れると、ガラス扉から外に出ていく巫香の後ろ姿が見えた。

おそらく、渓谷に向かうのだ。金魚の亡骸と白い花束を持って。

それは、太輝が初めて彼女を見かけたときと同じ状況だった。

詮索したいわけではないのだが、胸のざわつきがどうしても治まらない。このまま巫香を独りにしておきたくない。

自分勝手な言い分なのは承知の上で、太輝は距離を取りながら、彼女のあとをついていった。

❁

予想通り、巫香は渓谷へ続く階段を下り、遊歩道を歩いていく。

夕暮れどきの渓谷は、遠目でも黒い背中を目視できる。若干の余裕をもって彼女の進行方向に歩いていたのだが、途中で見失ってしまった。遊歩道の先まで目を凝らしても、どこにも姿が見えない。

また消えた？　闇夜でもないのに？　そんなはずはない！

焦った太輝は、そこら中を探し回った。

川の左右に伸びる遊歩道を走り抜け、水鳥が休んでいる小さな滝を見回り、森林に埋もれるように鎮座する不動明王の境内まで行き、壁面に残されている古墳時代の横穴墓を覗き込み……。なのに、どこにもいない。

どんどん陽が傾いていき、まばらに寛いでいた人々も帰り始めている。

それでも諦めずに、人影のなくなった渓谷をうろついていたら、遠くからほんの微かに歌声が聞こえてきた。


「唄を忘れたカナリヤは　後ろの山に棄てましょうか――」


巫香の声だ！　同じフレーズを繰り返している！

ピアノの高音のような歌声を頼りに、再び彼女の居場所を探す。

やがて声は途切れたが、その前に、聞こえてきた場所が特定できた。

そこは、遊歩道から川を渡らないと行けないエリア。一般の人はわざわざ来ようとは思わないであろう、藪の奥深くにある湿地帯だった。

太輝はスニーカーと靴下を脱ぎ、裸足で川を渡った。水面が膝のあたりまであったため、ロールアップしたジーンズが濡れてしまったが、そんなことを気にしている場合ではない。

やっとの思いでたどり着いたその場所は、一面が白い花で覆われている。

――ダリアだ。

信じられないことに、純白のシルクハットが群生していた。

畑のように規則的に並んでいるわけではない。縦横無尽に葉を伸ばし、至る所から大小の花を咲かせている。

湿地帯の一角で、人知れず海原のように広がった白い花々。その中央で、黒いフードを被った巫香が、胸の上で両手を組んで横たわっている。まるで、童話に登場する呪われた姫のように。

じっと目を閉じて動かないが、胸元は静かに上下している。

ホッとしたのも束の間、彼女の頭上を見た途端、心臓が跳ね上がった。

一輪のシルクハットが、垂直に突き立てられていたのだ。

茎が挿さっている箇所だけ、土が僅かに盛り上がっている。茎のたもとに、花束にしていた残りのシルクハットが手向けられている。

周囲を見回すと、藪陰に大きめのスコップが置いてあった。持ち手がT字形状のステンレス製で深い穴も掘れそうだが、かなり古びてヘッド部分が錆びている。このスコップで土を掘り、中にビニール袋を入れて埋めたのかもしれない。

——土に深く挿した、一輪のダリア。

どう考えてもこれは、月人とクジラの森でやっていたダリアの墓標だ。

驚きと戸惑いと懐かしさが一気に押し寄せ、うまく言葉が出てこない。それでもどうにか彼女に近寄り、そばに屈みこんでそっと話しかけた。

「やっと見つけたよ」

だが、巫香は反応しない。

「鈴女さんに頼まれたんだ。君が心配だから様子を見てほしいって。詮索するようなことしてごめんな」

「……知ってた。あなたがあたしを探してること」

瞼を開かずに、彼女は小声で言った。

「そっか」

自分の捜索に気づいたのに動かなかった。『かなりや』も歌っていた。つまり、ここに来るのを許されたと考えてもいいのではないだろうか。今ならどんな質問も許されるのではないかと、思うことにした。

「あのさ、前も歌ってたけど、なんで『かなりや』なんだ？」

「あたしにとっての鎮魂歌だから」

横たわったまま答える。

「鎮魂歌か。だったらこのダリアは、君にとっての墓標なの？　もしかして、ここに金魚の亡骸を埋めにきたんじゃないか？」

すると巫香はぱちりと瞼を開き、ゆっくりと上半身を起こして立ち上がった。

「そう、これは墓標。あたしが大事にしてたものは、みんなここに埋まってる。あの子も……最後の子もいなくなった。こんな急に逝っちゃうなんて……」

うつむいた細い肩が、小刻みに揺れている。

「君が心配なんだ。できれば力になりたい。僕にできることがあるなら言ってほしい。今まで通りなんでもするよ」

本気だった。華奢な身体にたたえた哀しみを、すべて取り除いてやりたい。

「……呪いを、解いて」

それは祈りにも似た、切実な声音だった。

「呪い？　どうしたらいい？　どうすれば解けるんだ？」

彼女は何かを言いかけたが、諦めたように弱々しく首を横に振った。

潤んだハシバミ色の瞳が、寂しげに揺れている。

沈黙がたまらなくもどかしい。だから、思い切って質問を投げかけた。

「その呪いをかけたのは、いなくなった君のお母さん？　それとも……」

すべてを話してしまう決意を固め、息を吸い込む。

「須佐野月人?」

弟の名前を口にした途端、巫香は大きく目を見開いた。何か恐ろしいものから遠のくように、太輝からあとずさろうとする。

「いきなりごめん。怖がらないで。僕は月人の兄弟なんだ」

「やっぱりそうだったんだ……」と、彼女が小声でつぶやいた。

「やっぱりって、気づいてたのか?」

巫香の視線が激しく動く。動揺しているのかもしれない。

「あの人の故郷が福島で、兄弟がいるのは聞いてた。あなたがそうなのかなって思ったこともあった。月人との共通点があまりにも多かったから」

「そう、月人は二卵性双生児の弟だ。僕にとっては大切な家族だった」

「……なぜ、今まで黙ってたの?」

真剣な表情で訊ねてくる。

「話す機会を探してた」

そのまま堰を切ったように、秘めていた言葉が溢れ出てきた。

「僕は、弟がなぜ死んだのか知りたかった。相談があるって言われてたのに、行き違いで話を聞いてやれないまま、あいつは逝ってしまった。……後悔してたんだ、ずっと。受験ノイローゼだって言われてたけど、それだけじゃない気がしてた。それで多々木に越してきたんだ。真実が知りたくて。月人は近所に親しい女の子がいるってよく言ってた。その子が君なんだよね？」

打ち明けた途端に、後悔が押し寄せてきた。巫香が唇をわななかせたまま、押し黙っているからだ。

「本当は、ここで話すつもりじゃなかったんだ。君と一緒にいる時間が楽しくて、このまま続けばいいなって、都合のいいこと考えてた。でも、いつかは言わなきゃいけないとも思ってた。今まで隠しててごめんな。月人がなんで悩んでたのか、知ってるなら教えてもらえないかな？」

誠心誠意、話したつもりだった。

しかし巫香は、なぜか「ごめんなさい」と謝り、フードで顔を隠してしまった。

そして、震え声で言い足した。

「……本当にごめんなさい。月人の命を奪ったのは、あたしなの」

「頼むから嘘はつかないでくれ！」

反射的に強く言ってしまったが、自分を抑えられない。

「月人は自殺だった。あいつがマンションから飛び降りたのを、僕はこの目で見たんだ。君も見てしまったのか？　だから南の窓を塞いだの？　月人のメールに『彼女とのことで大至急相談したい』って書いてあったんだ。お願いだ、弟と何があったのか真実を教えてほしい。たとえ何を聞いても、君の味方でいるって誓うから」

必死だった。目の前の少女が儚《はかな》く消えてしまいそうで。真実が永遠の闇に葬られてしまいそうで。

彼女はフードから片目を覗かせた。真剣な光を放つ左目だけ。

「あたし、あなたには嘘つかないって、前に言ったよね。月人は、あたしと関わらなければ死なずに済んだと思う。あたしのせいで、あんなことになってしまった。見たよ、落ちてくとこ。南の窓から。だから塞いだ。思い出すのが苦しいから。……悔しい。悲しい。どうしても自分が許せない。……許せないの」

その刹那、ハシバミ色の片目から涙が流れたように感じた。

視覚ではとらえられない、真っ赤な血の涙だ。

「それしか言えないけど、今はあなたに謝りたい。これまであたし、いろいろ我が儘なこと頼んだよね。迷惑かけてごめんね。ダリアの配達、今日で終わりにしたいって陸さんに伝えて」

「……それは僕のせい？　僕が月人の兄弟だって打ち明けたから？」

「違う。前からそうしようって決めてた。最後の金魚を埋めたら、ダリアはもういらないって。一緒に弾いたピアノ、楽しかったね。あたしも、あなたとの時間が本当に楽しかった」

一瞬だけ小さく微笑んで、巫香は脱兎のごとく駆け出した。

ダリアの群生地帯を走り抜け、ワンピースの裾を持ってロングブーツを器用に動かし、慣れた足取りで川を渡っていく。

「ちょっと待って！」

太輝もあとを追おうとした。あんな狂おしい瞳を焼きつけられて、このままでいられるわけがない。

だが、巫香はあっという間に川を越えて、対岸からこちらを振り返った。

「ちゃんと家に帰るから。じゃあね」

そのまま背を向け、近くの階段を駆け上ってしまった。

追うのを諦めた太輝は、先ほどまで巫香が寝そべっていた辺りに目をやった。そこには白い花が咲いていない。彼女の全身がすっぽり収まりそうな大きさで、土肌が覗いている。巫香が頻繁に横たわっていたから、ここにだけダリアが生えていないのだろう。

きっと彼女はこの場所に、シルクハットを定期的に手向けていた。少なくとも一年以上、ずっと。それが根付いた結果として、群生してしまったのだと思われる。ダリアは球根からだけではなく、茎についた気根からも育っていく。水揚げの際に茎から取り除くのだが、極小の気根が残ってしまう場合もあるのだ。

一体、何にダリアを手向けていたのだ？

この墓標の下には、何が埋まっているのだろう？

金魚の亡骸だけならいいのだが……。

（――あたしが大事にしてたものは、みんなここに埋まってる――）

（――月人の命を奪ったのは、あたしなの――）

意味深な言葉。どうしても嫌な予感しかしてこない。

ポケットでスマホが振動した。鈴女からの電話だ。

「はい」

『太輝くん、巫香は？』

「渓谷にいたんですけど、今しがた帰りました。すぐ家に戻るはずです」

『わかった、ありがとう』

「でも、様子がおかしかったんです。なんだかもう会えなくなるような……」

(じゃあね)と最後に言った。いつもは(またね)なのに。

胸が焦燥感で覆われ、やたらと騒ぎ立ててくる。

『戻ってこなかったら連絡するね。わたし、今夜はここに泊る。巫香が心配だから』

「お願いします。彼女から離れないでください」

通話を終えた太輝は、もう一度ダリアの墓標を眺めた。

おそらく巫香は、月人からダリアを墓標にすることを教わったのだ。一緒に何かを埋めたこともあったのかもしれない。たとえば、最初に死んでしまった金魚とか。桜並木で彼女と出会った日に見た二匹目の金魚も、今日死んでしまった三匹目も、ここに埋まっている。

それ以外にも何かが埋まっていないか、確かめてみたい気持ちと必死で闘った。

仕事に戻っても帰宅してからも、ずっと墓標のことばかり考えていた。

いろんな想像が泡のように浮かんでは、パチンと弾けて消えていく。

月人の名前を出してしまったのは、時期尚早だったのか？　だけど、あのタイミングを逃したら、話せなくなりそうな気がしたのだ。自分が命を奪ったなどと言っていたが、それは、月人に対して抱いている罪悪感からの言葉だろう。彼女が解いてほしいと願っていた呪いも、その罪悪感に関係しているのか？　今からでも自分にできることはないのだろうか――。

思考が止められない。どうしても落ち着かない。

家にいても仕方がないので、巫香のように夜の散歩をしてみた。

途中でスコールのような雨に降られたため、足元が泥だらけになってしまった。

――結局その夜は、一睡もできなかった。

✿

翌朝、出がけにスマホの受信メールを見たら、ミイから返事が来ていた。

〈連絡ありがとう。返事が遅くなってごめんなさい。いろいろあって、別のお店でバイトを始めました。今度は渋谷のメイドカフェです。URLを貼っておくね。火、木の午後六時から十時までと、土日の午後二時から六時までお店にいます。ぜひ遊びにきてくださ

い〉

今日は土曜だ。渋谷に行けばミイと話せる。一時から六時までしかいないのなら、仕事を早引けしないと間に合わない……。

どうにか調整できたらすぐに行こうと決意し、寝不足と食欲不振でふらつく身体に鞭打って、曇天の下バイトに向かった。

「おはようございます」

バックヤードにいた海に挨拶をすると、「太輝くん、昨日の夜、店に来た?」と尋ねられた。

「あ、はい。夜に散歩してたら雨が降ってきて、泥まみれになっちゃって。それを洗いに駐車場の水道を使わせてもらいました。そのあと店に入って、ロッカーに入れてあった替えの服に着替えたんです。勝手なことしちゃってすみません」

「そっか。駐車場や店内に泥の足跡があったから、泥棒にでも入られたのかと思って。太輝くんならいいんだ」

「本当にすみません、汚れは掃除したつもりだったんですけど甘かったんですね。すぐやり直してきます」

「顔色が悪いし目も赤い。体調悪いんじゃない？」

さすがは気配り上手な海。寝不足を見抜かれてしまった。

「……実は、昨日から絶不調なんです」

「辛かったら無理しないでいいよ。昼から兄貴も出てくるし、早退して休めば？」

「そうさせてもらうかもしれません。でも、掃除だけはしておきますね」

これで早引けができそうだ。申し訳ないのだが、陸が来たら早退させてもらおう。

急いで店内と駐車場の掃除をした。ついでにアルミバンの手入れもしておく。

バックヤードに戻ろうとしたら、向かい側の歩道から女性が走り込んできた。

──鈴女だ。

「太輝くん！　仕事中にごめん！」

「どうしたんですか？　巫香ちゃんに何かありました？」

「わたし、家から追い出されちゃったよ」

「えっ？」

泣きそうな表情の鈴女。手にはチラシのようなものが握られている。

「また中傷チラシが貼ってあったの。今朝、管理人さんが剝がして届けてくれたんだけど、その内容が酷くて。これ見てよ！」

いつもと同じA4用紙に、赤い文字が連なっている。

『最悪の裏切者　501号室の八坂鈴女』

『陰で家主の金を使い込んでいる犯罪者』

『悪徳ハウスキーパーは出ていけ!』

『八坂鈴女も恐ろしい呪いの魔女だ』

『早く天原巫香と一緒に火炙りにしろ!』


「こんなの嘘だから。わたし、使い込んでなんてないし、誰も裏切ってない。だけど巫香は言ったの。『出てって』って。『あたしは独りでいい。鈴女さんはほかに行くとこがあるでしょ。もう二度と来ないでね』って。あんな冷たい目をした巫香、初めてだった。抵抗できなかったよ……」

鈴女はチラシを握り潰し、取り出したハンカチで涙を拭う。

文章の頭一文字を平仮名にして並べてみたかったが、今はそんな余裕がない。

そもそも巫香は、この人を自分から引き離そうとしていた。このチラシはきっかけだったのでは? 中傷を信じた振りをして、追い出したような気がしてならない。

「鈴女さんはもう、あの家には入れないんですか?」

「入れない。スペアキーも置いてけって言われちゃった。管理人室にも個人宅のスペアは置いてないし、あの子はインターホンを鳴らしても出てこないし。だけど、ここの配達なら受け入れるかもしれないから、太輝くんにお願いしたかったんだ」

「実は、昨日言われちゃったんです。ダリアの配達はもう終わりにしてほしいって」

「そうなの? じゃあ、太輝くんももう……」

「あの家には入れないです。でも連絡してみます」

すぐさまスマホで巫香に電話をした。——応答はない。LINEでメッセージも送った。〈もう一度話したい。連絡をください〉と。だけど、これまでとは違ってすぐ既読にはならない。返事がくる気がまったくしない。

やはり月人の件を話してしまったのが、まずかったのかもしれない。過去の詮索をしようとした自分をも、あの子は排除しようとしている。巫香の呪いを解いてやりたいと願う気持ちに、嘘偽りなどないのに……。

後悔と自責の念で、己の頭を殴りたくなってくる。

「応答がない。お手上げかもしれません」

すると鈴女が、涙声で問いかけてきた。

「太輝くん、わたしね、最悪のことばかり考えちゃうの。あの子、独りで大丈夫かな？　金魚のいなくなった部屋で、変なこと考えてたりしないかな？　ちゃんと元気でいてくれるよね？」

返答に詰まり、途方に暮れた。

自分も最悪の想像しかできなくなった。早く手を打たないと、取り返しのつかないことになるかもしれない。警察に連絡したって、こっちの想像だけでは対応してもらえない。こうなったら、無理やり部屋に入るしかない……。

——そうだ、スペアキーはもうひとつある！

「鈴女さん、カードキーって定期的に替えるんですよね？　防犯のために」

「そう。半年に一度」

「まだ替えてないんですか？」

「そろそろだと思うけど、まだ替えの知らせは来てないはずだよ」

「だったら間に合う。スペアキーを持ってる人がいます」

ジュンのことを手短に話した。彼女は今もキーを持ってるはずだと。

「ジュンさんに連絡します。キーを返してもらうんですよ。それであの家に入れる。僕も巫香ちゃんと話したいことがあるんです。それから、その中傷チラシの犯人に心当たりがあります」

「誰?」

「和馬さんが事件に巻き込まれたガールズバーで働いてた子。ミイって名前の女の子で、今のバイト先を知ってます。なんで鈴女さんのことまで攻撃したのか、その店に行って問いただしてみます。チラシ、貸してください」

鈴女が握っていたチラシを手に取った。

ミイは巫香の過去を知っている可能性も高い。どうしても話をしておきたい。

「太輝くん……。わたしのことはもういいよ。わたしは巫香をどうにかしたかった。日の差す場所に連れ出したかった。ただそれだけだったのに……」

また涙ぐんだ相手に、太輝は言い放った。

「しっかりしてくださいよ!」

ビクリ、と鈴女が肩を動かす。

「あの子は、『呪いを解いて』って僕に言ったんです。きっと、好きであんな生活をしてるわけじゃない。心の奥では助けを求めている。彼女を助けられるのは、一番の理解者だった鈴女さんだと思うんです。僕も協力します。だから、絶対に諦めないでください!」

言い聞かせるように話していたら、自分自身も奮い立ってきた。

なんとしてでも巫香の呪いを解いてみせる。解く鍵は過去にあるはずだ。全真相を明らかにして、月人に捕らわれたままの彼女と自分を、きっぱり解き放ってやる！

「……わかった、諦めない。わたしは何をすればいい？」

鈴女も目に力を戻している。

「まずはジュンさんに連絡するので、鈴女さんはキーを返してもらいに行ってください。僕は早引けしてミイって子のバイト先に行ってきます」

すぐさまジュンに電話をした。巫香のアドバイス通り休職してくれたのなら、この時間でも出てくれるはずだ。

『――はい。太輝くん？』

繋がった！

「ジュンさん、いま話しても大丈夫ですか？」

『大丈夫。仕事休んでるから。このあいだはごめんね』

「いいんです。元気そうな声でよかった。実はお願いがあって連絡しました。巫香ちゃんの様子がおかしいんです。ハウスキーパーの鈴女さんが、家から閉め出されて困ってて。だから、このあいだのスペアキーが至急必要なんです。申し訳ないんですけど、返してもらってもいいですか？」

『もちろんだよ。お守り代わりに受け取ったけど、使う気はなかったから。だけど、今日は知り合いの家に来てるんだ。戻るのは午後になっちゃうけどいいかな？』

スピーカーで話を聞いていた鈴女が、「いいよ」とささやく。

「何時くらいになりますか？」

『たぶん、夕方の六時くらい。お店に持ってけばいい？』

「できれば、鈴女さんに直に渡してもらいたいんです。その時間は、僕も用事があるかもしれないので」

ミイのメイドカフェに行かねばならない。展開次第では、バイト終わりに店の外に連れ出して、話を聞く必要があるかもしれない。

「……だから、六時に多々木駅の改札でどうでしょう？　鈴女さんに行ってもらいます。ショートヘアの女性です」

『わかった。改札で待ち合わせね』

「お願いします。助かります！」

通話を終わらせ、鈴女と頷き合う。

「僕にも手伝えることはないかな？」

後ろから海の声がした。あわてて振り向く。

「話、聞こえちゃったんだ。巫香ちゃんが心配だね。太輝くん、今日はもう休んでいいよ。兄貴にも事情は話しておくから」

「……海さん、ありがとうございます」

「わたしからもお礼が言いたい。海くん、ありがとう」

「いえ。実は僕も、あの子がまとってた儚さが気になってたんです。何かできるなら協力したい。きっと兄貴だって、同じことを言うと思いますよ」

頼もしい海の言葉を受けて、ふと閃いたことがあった。

「海さんにも協力してもらうかもしれません。陸さんにも。あと、鈴女さんにもうひとつお願いがあって。ちょっと話してもいいですか？」

開店前の『THE DAHLIA』の駐車場で、太輝は自らの思いつきを語り始めた。

❀

午後一時を待たずに、渋谷のメイドカフェに向かった。

雑居ビルの三階にあるその店は、まだ正面のシャッターが閉まっている。時刻は午前十一時半。オープンまであと一時間半もあるが、店の前で待機することにした。

エレベーター扉が何度も開き、従業員らしき男性やキャストだと思われる女の子が扉から出てくる。誰もが太輝を一瞥し、店の裏口へと消えていく。

ミイと会ったらどう話を進めようか考えていると、また扉が開き、中から黒髪のショートボブに大きな丸メガネの女の子が現れた。ストライプ柄のTシャツにコットンパンツ。ノーメイクで真面目そうな子だ。

「……あれ？　もしかして太輝さん？」

そう声をかけられなければ気づかなかっただろう。

「……ミイさん？」

金髪に厚化粧のギャル風だったミイ。一度だけ聞いた声音以外、面影は微塵もない。

「ちょ、遊びに来てってメールしたけど、こんな早く来られても困るよ。メイク前なのに最悪」

眉間に皺を寄せた彼女に、太輝は直球を投げてしまった。

「天原巫香って知ってるよね？　僕はあの子の知人なんだ」

「な、ナニよいきなり」

怯んだ表情から、巫香を知っていると確信した。寝不足のせいもあり、かなりハイテンションになっている。その勢いのままミイに詰め寄った。

「巫香ちゃんのマンションに中傷チラシ貼ってるの、君だよね？　前に目撃したことがあるんだ。金髪の君がチラシの前にいたところ。今朝のチラシのせいで、巫香ちゃんは鈴女さんを追い出してしまった。最後の金魚が死んでから様子が変だったのに、ますますおかしくなって。誰も寄せつけずに部屋で何をしてるのかわからなくて、たまらなく心配なんだ。頼む。なんであんなチラシを貼ったのか、教えてもらえないか？」

「待って待って、話が見えない。今朝のチラシってナニ？　スズメってダレ？」

とぼける気かと憤りを感じた瞬間、またエレベーターの扉が開き、ピンクの髪をした派手な女の子が出てきた。

「あー、マホさん。おはようございます」とミイが挨拶をする。

「おはよー。ミイちゃん、どうしたの？　そちら、お客様？」

「知り合いです。共通の知人に問題が起きたみたいで。外で話してくるから、出勤遅れます。店長に伝言してもらっていいですか？」

「いいけど……。何時出勤？」

「すぐ終わらせます。時間が見えたら連絡入れるって伝えてください」

怪訝そうに見ているマホの横をすり抜け、ミイが閉まりかけていたエレベーターの扉を開く。

「ほら、早く。店の前だと迷惑じゃん」

ミイに急がされて、太輝もエレベーターに乗り込んだ。

✿

連れていかれたのは、メイドカフェが入っている雑居ビルの一階の奥、自動販売機の前。

人目を気にせずに話せる場所だった。

巫香よりもずっと背の高いミイ。向き合うとシトラス系の香水が匂ってくる。

「……で？　今朝のチラシって？　っていうかあなた、巫香に言われてあたしのバイト先に来てんの？　ガールズバーで会ったの、偶然じゃないよね？」

今度はミイの尋問が始まった。

挑発的な視線と言い方に、大人げなく反応してしまう。

「あのときは何も知らなかった。巫香ちゃんに半額チケットを渡されただけ。あのバーで君を見たときは驚いたよ。『会いたい』『話したい』って暗号を入れた、奇妙な中傷チラシを貼った子だったんだから」

「それも巫香から聞いたんだ。で、パシリにされてきたのかな？　あなた、あの子の忠実な番犬みたいだね。ちょっとビックリ」

「そっちこそ、バーで会ったときとはまるで別人だ。かなり驚いたよ」

「あれは変装。金髪のウィッグとメイクで化けてただけ。あたし、こう見えて意外と優等生なの。家でも学校でも、派手なカッコなんてしない。したいときは外で着替える」

「なんで、わざわざそんなこと……」

「決まってるじゃん。大人を安心させるためだよ」

小バカにしたような言い方をして口元を歪ませる。

陰でギャルに変身して、中傷ビラを貼りに来る優等生。なんだか恐ろしい。と同時に、この子と巫香には共通点がある気がした。それはおそらく、世の中を斜めで見る視線と、自然に醸し出す女王のような威厳だ。

「で、番犬さんの御用はなあに?」「君は巫香ちゃんのなんなんだ?」

声が重なった。

ミイがニタリと唇を動かす。

「あたし、本当は大学生じゃなくて高校生なの。高三で巫香の元同級生。どう? これも驚き? あ、巫香から聞いてたか」

「聞いてないよ。君のことは何も知らなかった。あのバーは未成年者が補導されたってネットニュースで見たけど、大丈夫だったの？」

「あたし、もう十八だからバイトできるんだ。酒は飲んでないし、ウリなんてもってのほかだけどね。あそこも今の店も、学校にバレたらヤバいけど。……あ、わかった。あたしさ、あのバーのSNSに写真がアップされたことがあったんだ。すぐ消去してもらったけど、それで巫香はあたしがいること知ったんだよ。あたしを脅そうとしたのかもね。『学校にバラされたくなければ二度と自分に近づくな』とか。あの子がやりそうなことだよ」

まくし立てて半笑いをする相手を、太輝は哀しい気持ちで見つめた。

「彼女は何も言わない。むしろ、君のことは忘れろ、近づくなって言ってたよ。これは、たまたまチラシを見た僕の勝手な推測だ。あれは君から巫香ちゃんへのメッセージだったんだ。酷い内容だったけど、そこまでしても君はあの子に会いたかった。それがなぜなのか知りたい。君は巫香ちゃんの過去を知ってるんだろ？」

「答える義務なんてない。あなた何者なの？　犬のおまわりさん？」

互いの視線が絡み合う。

「僕は……」

自分の素性を隠したままでは、きっと相手にも隠されてしまう。信じなければ信じてもらえない。だから、正直に明かす。

「鏡太輝。二年半前に自殺した須佐野月人の兄弟だ。二卵性双生児の兄」

「……月人の兄弟？　ウソッ！」

彼女は驚愕で目を丸くする。

「嘘じゃないよ。君は月人のことも知ってたんだね。……僕たちは幼い頃に両親を亡くして、別々に引き取られた。だけど、高一の頃からやり取りはしてたんだ」

それから太輝は、ミイにこれまでのことを語った。

月人のSOSに応えられず、目の前で失ったこと。その後悔を晴らすために多々木町に来て、弟の彼女だと思われた巫香に近づいたこと。ハウスキーパーの鈴女と親しくなったこと。……気づいたら、ミイラ取りがミイラになっていたこと。

「――だから今は、巫香ちゃんを助けたいんだ。『呪いを解いて』って悲しそうに言った彼女の顔が、頭から離れなくてさ。バイトの前なのに押しかけちゃって申し訳ない。でも、巫香ちゃんの過去に何があったのか解明しないと、呪いの意味もわからない。早くしないと何もかもが間に合わなくなりそうで、焦っちゃって……」

話を聞き終えたミイが、スマホを取り出して電話をかける。

「もしもし、店長？　ミイです。すみません、まだまだ出勤できそうになくて。――はい、なる早で行きます」

ふう、と息を吐いてから、彼女は言った。

「最初の質問に戻るね。今朝の中傷チラシってナニ？」

「見せたほうが早いな。これだよ」

リュックの中からくしゃくしゃのチラシを取り出して渡す。

「『最悪の裏切者　501号室の八坂鈴女』『陰で家主の金を使い込んでいる犯罪者』『悪徳ハウスキーパーは出ていけ！』『八坂鈴女も恐ろしい呪いの魔女だ』『早く天原巫香と一緒に火炙りにしろ！』。……なるほどね。でもあたし、鈴女って人のこと知らない。コレ、あたしが書いたんじゃないよ」

あくまでも否定しようとする。

「だって、暗号が仕込まれてないじゃん。さっきあなたが言った通り、あたしはチラシに必ずメッセージを入れてたの。会いたい、話したい、顔を見せて、無視しないで、外に出てきて、話があるの、とかね。だけど、この文章の一文字目を繋いでも言葉にはならない。だから模倣犯だよ」

「模倣犯……」

確かによく見ると暗号が入っていない。チラシから香水も匂わなかった。冷静に考えてみたら、ミイの言う通りだ。

「……あのさ、信じないかもしれないけど言うね。これ、やったの巫香だと思う。あの子は昔からそうなの。近づく人を自分から排除する。他人から好意を寄せられると、その好意から逃げたくなっちゃうんじゃないかな。どうせ消えてなくなると思ってるから、先に壊しちゃうんだよ」

ミイは表情を曇らせた。さっきまでのふてぶてしさがすっかり消えている。

「君以外にこれをやるとしたら、巫香ちゃんしかいないって僕も思う。疑ってすまなかった。だけど、巫香ちゃんに対するチラシは君が貼っていた。何度も。その理由を聞いてもいいかな？」

束の間の沈黙があって、彼女は静かに言った。

「あたしね、巫香に渡したいものがあったんだ。月人のお葬式でお父さんから預かったメモ用紙」

「月人が書いたメモ？」

意外すぎる答えだった。

月人、の名の響きに痛みにも似た刺激が走る。

「そう。それでずっとコンタクトを取りたかった。でも、あの子が引きこもってガン無視されるようになっちゃって、ケータイ番号もアドレスも変えられちゃってさ。正攻法じゃ無理だと思ったからチラシを貼り始めたの。中学の頃、あんな暗号メッセージでやり取りしたことがあったんだ。だから、すぐに気づくだろうし反応があると思ってた。中傷チラシなら本人が見る。それ以上貼られないように、あたしに連絡してくるって」

「だけど、中傷チラシなんてやりすぎじゃないか？」

「あの子、こんなのには慣れてるはずなの。中学の頃は、マンションの壁にスプレーでイタズラ書きされてたんだから。同級生たちが何度もやった、もっと酷いイタズラ書き。管理人に通報されてからやんだけど」

「そんな、だからって……」

君のやり方は異常だよ、と言いそうになったが、その前に相手の口が開いた。

「自覚はしてる。スプレーに比べたらチラシなんて軽いもんだ。そう思ったあたしって、かなり歪んでるよね。メモを渡すだけならポストにでも入れればよかったんだけどさ、どうしても許せなかったんだ。なんで巫香はあたしを拒否ってるのに、あたしだけがあの子のために気を配らなきゃいけないの？　あたしは今も、こんなに巫香を想ってるのに、って。それで変な方向にムキになっちゃった。……バカみたいでしょ」

寂しげに瞳を揺らす、化粧っ気のない素顔。幼い子どものように見える。

「いや、君はあの子の敵じゃなくて味方だった。それがわかってうれしいよ。もうあんなチラシは貼らないでほしい。僕にできることなら協力するから」

するとミイは小さく頷き、太輝を見つめて「……目が似てるね、月人と」と懐かしそうに微笑んだ。

「あたしの本名ね、照谷美都《てるたにみと》っていうの」

「美都さん。本名を教えてくれてありがとう。君と巫香ちゃんと月人に何があったのかも、教えてくれないか？」

万感の思いで返事を待つ。

やがて巫香の元同級生だった美都は、澄んだ眼差しで全てを語り始めた。

✿

あたしと巫香は、京香大学付属中学校で三年間同じクラスだった。

京香大は小中高の付属校があるけど、エスカレーター方式じゃないから上に行くには受験が必要なの。あたしは小学校も京香大付属で、受験して中学に進学した内部生徒。巫香は別の小学校から受験で入学した外部生徒だった。

うちらの代は圧倒的に内部が多くて、外部の生徒は浮いちゃうことがあったんだ。その中でも、巫香は断トツで浮いてる外部だった。あ、彼女の場合は悪い意味じゃなくてね。元人気子役でハッとするほどキレイでスポーツも万能で。でも、いつもひとりで誰も寄せつけないオーラがあって。初めの頃は、海外セレブの娘だとか、母親も元芸能人らしいとか、華やかなウワサで持ち切りだった。

だけどホントに誰ともしゃべらない謎めいた子でさ。休み時間は本ばっか読んでるし、部活にも入らないし、彼女と同じ小学校の生徒もいなかったから、素性を誰も知らなかったんだ。それで余計に興味を引いたんだろうね。全生徒の憧れの的で、男からも女からも偶像扱いされてたよ。

もちろん、あたしも興味があった。

こいつ、化けの皮剝いだらどんな顔してんだろ、ってね。

あー、今さ、「なんでそんなに屈折してるの？　素顔は真面目な優等生風なのに」って顔したでしょ。

見た目で中身を判断しちゃだめだよ。その子が再婚した母親の連れ子で、厳しい義父と意地悪な義姉と暮らすことになって、いい子の振りしないと生きてけないって思ったかもしれないじゃん。実は義父がリストラされたせいで大学進学は諦めて、家計の足しになるようにバイトしてるかもしれないでしょ。

……そんなマジな顔しないでよ。ごめん、巫香の話に戻すね。

巫香とあたしが初めて口を利いたのは、中一の夏休みに入る直前だった。放課後、学校近くのビルの屋上に行ったら、彼女が先に来てたの。柵を乗り越えてビルの角に座って、足を宙に投げ出してぶらぶらさせてた。

あたしは飛び降りるんじゃないかって驚いて、「何してんの？」って声をかけた。巫香は「空を見てた」って、振り向きもせずに答えた。あたしもその屋上から空を見るのが好きだったんだ。なんとなく、彼女の横ならいつもと違う空が見える気がして、柵を乗り越えて隣に座ってみたの。

しばらくふたりで並んで、濃いオレンジに変化していく空を見てた。

特に変わり映えのする景色じゃなかったけど、隣にいるのが昔からよく知ってる子のように感じた。だから、自分のことをちょっと話してみたんだ。

「あたし、くだらないおしゃべりが大キライ。表面だけ周りに合わせるのって超ダルい。学校は塾に行くのが当たり前のユルい授業しかやらないし、クソつまんない生徒ばっかだし、家にも居場所なんてないしさ。面白いことなんて何ひとつない。なんのために生きてんのか、わかんないよ。こっから飛び降りて死んじゃったら楽かな」って。

巫香は空を見上げながら、「みんなそう。死にたいけど死ねないから生きてるだけ」って答えた。ああ、同じように考えてるんだなって、すごく安心したのを覚えてる。それで、「じゃあ、一緒に飛び降りる?」って訊いてみたの。そしたら、彼女は躊躇なんて一切せずに、「いいよ」って言ったんだ。

結局、その直後に警備員が来て怒られて、そこから出ることになっちゃったけど、この子は信用できるって思った。

それ以来、学校の外でだけ巫香と会うようになった。教室では目も合わせなかったけど、秘密を共有する仲間ができたみたいで、学校に行くのがちょっと楽しくなった。お互いの家にも行ったよ。あの子の家、お母さんがいないことが多かったから、自由で居心地が良かったな。

学校以外で見る巫香も、同い年とは思えないくらい大人びてて、本当に変わった子だった。それを実感したのは、中一の秋頃だったと思う。

その頃、京香大付属中の裏サイトが盛り上がってたのね。パスワードがないとアクセスできない、悪口だらけの裏サイト。あたしも巫香もたまに覗いててさ。あの子がそんなのに興味持つなんて意外だったんだけどね、「人の言葉は信じられないけど、匿名掲示板だと本音が見えるから面白い」って、よく言ってたよ。

でね、そのサイトに巫香のウワサが書き込まれたの。

「天原巫香は母親が愛人やってたときの子」「認知されずに父親から捨てられた」「母親は今も男狂いの売春婦」「巫香も子役の頃、枕営業で仕事を取ってた」「今でも巫香は母親と一緒に客を取ってる」とか、匿名の誰かが書き込んだんだよ。

ウワサは学校中に広まって、巫香は偶像の座から一気に堕ちて嫌われ者になった。

——書いたのは、巫香本人だったんだ。

なんでそんなことしたのか、あたしには理解できた。

あの子は小さい頃から目立ってたみたいで、相当いじめられたんだって。指差されて笑われて、無理やり石を飲まされたり、後ろから突き飛ばされてケガしたり。子役の頃もライバルから靴に画びょう入れられたり、何度も持ち物を盗まれたり、マジで「漫画かよ」って思うくらいエグいことされてたみたいでさ。

中学で羨望を集めるようになっても、そのトラウマが消えなかったんだよ。「どうせいつか幻滅される。それなら先にみんなの羨望を失望に変えてしまえ」ってね。客なんか取ってるわけがないのに、嘘の中に真実を混ぜたウワサをわざと流したの。その情報操作で、自分を偶像化してた生徒たちを周りから排除したんだ。

あたしは、殻にもっと深く潜っただけでしょ、って思ってたけどね。

……あと、ちょっと羨ましかった。

だって、そうやって自分から先に輪から外れちゃえば、その先、輪から外されることを恐れなくてもいいじゃん。そんな勇気、普通はなかなか出せないよ。

ホント、学校って戦場みたい。いつも誰かが集中攻撃されてる。うちの学校はだいたいガン無視攻撃。みんなビクビクしてるよ。自分がいつ次の標的にされるかわかんないから。あたしはずっと、いい子の仮面で防御してるけど。

とにかく、みんなの憧れだった美少女は、〝淫乱魔女〟って陰で呼ばれるくらい蔑まれる存在に成り下がった。それが本人の意図だとは誰も知らずに。

そんな巫香に変化が起きたのは、中二の夏頃だった。相変わらず学校では浮きまくってたけど、彼女は確かに変わった。良い方向にね。

須佐野月人と知り合ったんだ。

あの頃、月人は高二で巫香の近所に住んでたの。巫香が渓谷の近くでピアノの楽譜を落として、それが強風で飛んでっちゃったとき、必死で追いかけてくれたのが、たまたま通りかかった月人だった。川に落ちそうになった楽譜を寸前でキャッチして、汗だくで差し出した彼が、巫香にはすごく眩しく見えたんだって。

お互いの趣味が似通ってたみたいで、ふたりは急速に仲良くなった。あたしも巫香から月人を紹介されて、なんとなく三人で会う機会が増えてった。一緒に甘いもの食べに行ったり、花火大会に行ったりさ。巫香の家に彼が来て、ふたりでピアノの連弾をしたこともあったりして。……楽しかったな。

中二のあたしたちからすれば、高二の男子なんて大人すぎて緊張する存在だったのに、月人は先輩ぶったところが一切なかった。頭が良くて物知りで、どこまでも真っ直ぐな人だった。

あたし、月人と巫香は付き合ってるんじゃないかって、ずっと思ってた。確かめてみたら、案の定そうだったの。巫香、自分勝手なお母さんのせいで精神的に参ってて。それを月人がケアしてるうちに、真剣に付き合い始めたみたい。

巫香はよく笑うようになった。あの頃の彼女、めっちゃ可愛かったよ。

ふたりはよく、夜の渓谷で会ってたんだ。あたしが交ざるときもあったけど、それは親たちの目を誤魔化すためのカムフラージュ。でもね、それでもよかったんだ。あたしも月人と一緒にいたかったから。それがカムフラージュのためでも、そばにいられるだけでうれしかった。

……ちょっと意外でしょ？　あたしがそんな乙女チックなこと言うなんて。あたしにだって初恋の思い出くらいあるよ。最悪の形で終わったけどね。

次の年。月人が高三の春頃から、彼の様子がおかしくなった。いつも穏やかだったのに、突然叫んだり、怒り出したり……。受験勉強で相当追い込まれてたんだと思う。お父さんがお医者さんで、自分も東大の医学部を目指してて。でも、予備校の模擬試験は合格の見込みがないD判定だったらしくて。焦った月人は勉強に集中した。あたしも巫香も京香大付属高校の受験準備をしてたから、三人で会うことはなくなった。

十二月になって、巫香がどんどんやつれていった。保健室に行くことが多くなって、体育の授業も見学ばっかかで、具合が悪いのかな？　と思ってたら学校に来なくなった。あたしが『どうしたの？』ってメールしたら、『風邪が悪化した』って返信が来て、彼女がそのまま休んでいるあいだに冬休みになった。あたしは家と塾で机にしがみついてたから、初恋の浮ついた気持ちなんて冷めちゃってた。

——月人が死んだって巫香からメールが来たのは、翌年の一月だった。

お葬式に行ったら、親戚の人たちが月人のこと話してたよ。「疲れた」ってメモを残して部屋から飛び降りた。両親がすぐ気づいて救急車を呼んだけど、打ちどころが悪くて即死だったって……。

その場の誰もが悲痛な顔をしてた。彼のお母さんは棺にすがって泣いてた。あたしはドラマを観てるみたいで、現実感がまるでなかった。月人が死んじゃったなんて、信じられなかった。お葬式に巫香が来なかったのも、わけがわかんなかった。

お棺に花を入れてその場を離れたら、受付をしてた人が「照谷美都さんですよね？」って訊いてきた。頷いたら月人のお父さんのところに連れてかれた。お父さんは一枚のメモを手渡して、「月人があなた宛てに書いたのかもしれないので見てほしい。ミトって名前の人は他にいなかったから」って言った。

そのメモは、『ミトへ』って書き出して始まる短い文章だった。あたしは、そのミトは美都じゃない。あたしに宛てて書かれたんじゃないって、すぐ気づいた。でも、お父さんには「あたしに書いてくれたものです。もらってもいいですか？」って嘘ついて、そのメモを持ち帰ったんだ。

なんでそうしたのか、その時点ではハッキリ説明がつかなかったし、ミトが誰なのかもわからなかったんだけど、巫香に見せるべきなんじゃないかって、直感で思ったの。それなのに、巫香とは連絡が取れなくなっちゃった。

何度も電話したしメールもした。家の前でインターホンを鳴らしたこともあった。でも、あの子はあたしと会おうとはしなかった。あとで知ったんだけど、巫香のお母さんはどっかに行っちゃったみたいだね。元々派手で遊び好きそうなお母さんだったたから、驚きはしなかったけど。

でもね、そのときは月人のことでショックを受けてるんだから、しばらく巫香のことはそっとしておこうって思うようにしたんだよ。冬休みが終わったら学校でも会えるだろうからって。

だけど、新学期になっても彼女は学校に来なかった。先生に訊いたら、病気で休むって本人から連絡があったみたい。

それからすぐ、学校の裏サイトに気味の悪いウワサが書き込まれたの。

「天原巫香は人殺し。アイツは本物の魔女だ。近づくとヤバい」って。

あっという間にウワサは広まった。さらに、巫香の家の近所で自殺があったって誰かがしゃべりまくったから、「それは自殺じゃなくて彼女の仕業なんじゃないか」「取り調べで学校に来られないんだ」とか、みんなが騒ぎ出しちゃってさ。

だけどあたしは、前と同じで、書いたのは巫香本人だと思ってた。もっともっと殻の奥深くに潜るための情報操作。確かめようとしたけど、相変わらず連絡は取れないままだった。

あたしは受験のことだけ考えることにして、なんとか合格できたんだけど、巫香は試験も受けずに不登校になって、卒業式にも出てこなかった。卒業アルバムにひとりはいるでしょ、集合写真じゃなくて丸の中にポツンと写ってる子。あれだよ。しかも、殺人犯の汚名付き。最悪だよね。

——結局、巫香とは一度も話せないまま疎遠になっちゃった。月人のメモを直接渡したかったのに、ケータイ番号もメアドも変えられちゃって……。

実はね、そのメモを何度も見てたら、ミトが誰なのかわかった気がしたんだ。

ただ、確信は持てなかった。だからマンションにチラシを貼るようになったの。あたしの推測が当たってるのか、巫香にメモを見せて確かめたかったから。

……だけど、そんなの不毛だよね。もう諦めるよ。

今だからわかる。あたしは、あの子と月人と三人でいる時間が好きだったんだ。そこは、あたしにとって大事な居場所だった。なのに月人がいなくなって、巫香はあたしを排除して、独りきりの殻に閉じこもってしまった。それが、許せなかった。許せなくなるくらい、悲しかったんだ……。

✿

美都の話は、太輝の想像を遥かに超えていた。

巫香は中学校で偶発的にいじめられていたのではなかった。自分から周りを拒絶し、いじめの種を故意に作り上げたのだ。それでも、美都にだけは心を開いていたのに、月人の死で閉ざしてしまった……。

「――弟のメモには、なんて書いてあったの?」

問いかけると、美都はバッグの中をかき回して封筒を取り出した。

「なくさないように持ち歩いてたんだ。見てもいいよ」

手に取って中のメモを見る。

端正なペン字で短い文章が綴られている。

ミトへ
今から逢いに行く。
アイツに逢えるのはずっと先だ。
それまで一緒に待ってよう。
大丈夫。アイツは強いから。

――意味がまったく理解できない。

「ミトに逢いに行く？　アイツって誰のことだ？」

首を捻りながらつぶやくと、美都がゆっくりと声を発した。

「これはあたしの妄想ね。ミトって名前は、巫香の〝巫〟と月人の〝人〟から取ったんじゃないかな」

「巫人……？」

ますます困惑する太輝に、美都はさらりと告げた。

「ふたりの子どもの名前だよ。巫人。男でも女でもつけられる名前でしょ」

「こ、子どもっ？」

あまりにも強すぎる衝撃で、うまく思考が働かない。

「……信じられない。なんで？　なんで君はそう思ったんだ？」

「冬休みに入る前、巫香は風邪でずっと学校を休んでた。本当は、風邪じゃなくて妊娠だった。でも、その子は産まれずに亡くなってしまった。それを知った月人は、先にあの世に行った子ども、ミト宛にメッセージを書いてあとを追った。アイツというのは巫香のこと。そう考えたら、メモの内容が腑に落ちたんだ」

「そんな……」

もう一度メモを見る。そう言われると、ミトはふたりの子どもの名前で、アイツは巫香のことのように思えてくる。

月人は、巫人という名前までつけていた子どもを亡くしてしまったのがショックだった？　その巫人とあの世で逢って、この先も長生きするであろう巫香を、子どもと一緒に待つことにしたというのか？

弟がそんなに脆い心の持ち主だったなんて、にわかには信じられない。ほかにも理由があったのではないか？　だが辻褄は合う。巫香が体調不良で休んでいた時期と、月人が最後の電話で苛立っていた時期は重なっているのだ。いや、だけど……。

想定外の情報がインプットされて、うまく脳内で処理できずにいる。

「……でもそれは、美都さんの単なる妄想、だよね？」

声を喉の奥から絞り出した。

「そう。でも、かなり真相に近いと思ってる。巫香がやつれてたのも、保健室に行ったり体育の授業を見学してたのも、原因は妊娠。あの頃の彼女は、よく胸を押さえて気持ち悪そうにしてたし。だから、月人の自殺理由は受験ノイローゼだけじゃないって、あたしは思ってる」

悲壮感を漂わせながら、美都は話を続ける。

「……あたしさ、勉強していい大学に入ったからって、だからどうなの？　って思っちゃうんだ。それでいい仕事に就けたって、リストラされたら終わりじゃん。だったら、好きな人と子どもを育てるほうが、意味があるような気がする。きっと月人は、巫香の妊娠をよろこんだんだよ。巫香は十五歳、月人は十八歳。巫香が十六になって親さえ承諾すれば、あの頃は結婚だってできたんだし。……だけど、子どもは死んでしまった。なぜそうなったのかはわからないけど、月人は希望を失くしちゃったんじゃないかな」

（――月人は、あたしと関わらなければ死なずに済んだと思う。あたしのせいで、あんなことになってしまった。……悔しい。悲しい。どうしても自分が許せない。……許せないの――）

脳裏で巫香の声がこだまする。子どもを亡くし、月人まで亡くした彼女は、自分を責めた。責めて責めて責めた結果、学校の裏サイトに自ら書き込んだ――。

「天原巫香は人殺し。アイツは本物の魔女だ。近づくとヤバい……」

思わず口に出すと、美都がハッとした。

「いま気づいた！　人殺しって、巫香が書き込んだデマだと思ってたけど、あたしの妄想通りならミトのことかもよ！　しかも、そのせいで月人も……。もしかして巫香、自分を本当に人殺しだと思ってたのかもしれない」

――ドクン、ドクン。

心臓の音が激しくなった。胸騒ぎが止まらない。

頭の中で、塞がれていたリビングの窓が開く。

あの窓が開いたら、月人が飛び降りたマンションが目に映ってしまう。

まさか、まさか巫香も……？

いや、大丈夫だ。ある程度の手は打ってあるのだから。と自分に言い聞かせる。

「話してくれてありがとう。悲しいことを思い出させちゃって、悪かったね」

思いのほか繊細な少女だった美都。彼女もまた、月人の死で心に深い傷を負ったひとりだったのだ。

「ううん、あたしより巫香のほうが……ちょっと待って。たぶん店からメール」

美都がポケットからスマホを取り出す。

「あっ！　巫香からもメールが来てる！」

「え？　いつ？　なんだって？」

つい身を乗り出してしまった。

「二時間くらい前。読むよ。『久しぶり。美都がいたガールズバー、潰れてよかった。余計なことだけど、早く辞めた方がいいってメールしようと思ってた。美都と会うといろいろ思い出すから、辛くて避けてました。今までごめんね。さよなら』だって。……あたしを脅すどころか、心配してくれてたんだね」

肩を落とした美都に、そっと声をかける。

「巫香ちゃんに、『バーに行ったらキャストから個人名刺をもらってほしい』って頼まれたんだ。きっとSNSの写真を見て、それが本当に美都さんか確認したかったんだろうな。巫香ちゃんはあの店の悪い噂も知ってたから」

「そうだったんだ。……ってゆーかさ、『さよなら』ってナニ？ これで最後みたいな言い方じゃん。ちょっとヤバくない？」

「それで急いでたんだよ。今は異変が起きないように、鈴女さんが協力してくれてるんだけど……」

「ねえ、さっき言ってたよね。最後の金魚が死んでからおかしくなったって。それ、巫香が月人と花火の屋台ですくった金魚だよ。最初は三匹だったの。でも、全部いなくなったってことだよね。……これも妄想なんだけどさ、あの金魚たちが生きてたから巫香も生きてた、なんてことはないよね？」

美都に言われて、急にある慣用句が浮かんできた。

「——炭鉱のカナリヤ」

「え？ ナニ？」

「炭鉱で毒ガスの危機を知らせるのがカナリヤだった。カナリヤが先に死んでしまうと、次は人間の番だから。……あの金魚は、巫香ちゃんにとっての『炭鉱のカナリヤ』だったのかもしれない」

（──唄を忘れたカナリヤは　後ろの山に棄てましょうか──）

巫香の口ずさんでいたフレーズが、不吉な呪文のように思えてくる。

「早く巫香のとこに行って、このメモを渡して！　それから、『あたしは今も巫香の友だちだと思ってる』って伝えて！」

必死な形相で美都がメモを渡してくる。

「わかった、ありがとう」

「太輝さん！」

彼女は太輝の腕を摑み、視線をぴたりと合わせてきた。

「あたしは信じる。巫香は大丈夫。あなたみたいに、自分のために必死になってくれる人がいるなら、誰だって大丈夫」

胸が一気に熱くなった。大きな勇気をもらった。

だから、自分も何かをこの子に残していきたい。

「もしも君の妄想が本当ならだけど……。巫人って名前には、美都さんのミトって意味もあったんだろうね。月人と巫香ちゃんは、ふたりが信頼してた美都さんの名を、子どもにつけようとしてた。僕はそう思うよ」

「そう……だったらいいな」

憂いを滲ませて微笑んだ美都に、感謝の想いを込めて告げた。

「弟のメモを、大事に取っておいてくれて本当にありがとう。美都さんの想いは、僕が巫香ちゃんに必ず伝える」


その場を離れてから、太輝は心の中で何度も叫んでいた。

――どうかどうか、間に合ってくれっ！

脇目も振らずに渋谷の街を駆け抜け、多々木町へと向かう電車のホームを目指す。

時刻はすでに、午後二時をすぎていた。

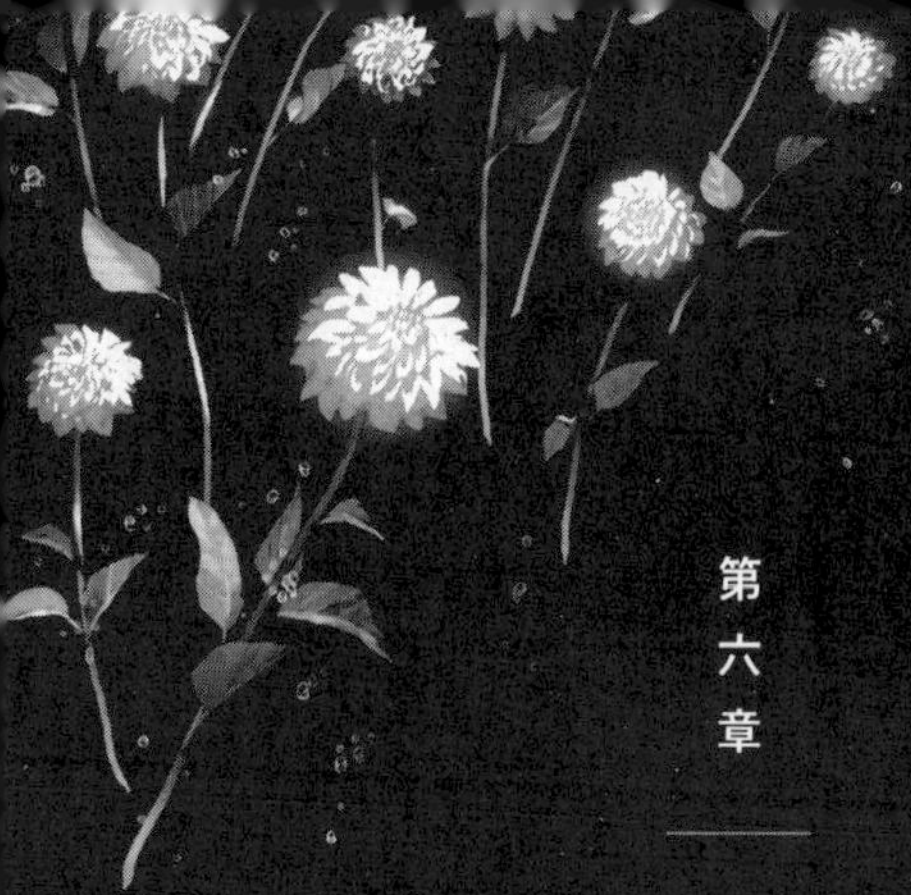

第六章

開かれた窓と呪われた少女

多々木の駅から巫香のマンションに直行した。

入り口ではなく裏の駐車場に向かう。

「鈴女さん！　見張りなんて頼んじゃってすみません」

「ああ、太輝くん。今のところ異常なし。巫香は家から出てないみたい」

駐車場に回してあった店のアルミバンの助手席から、鈴女が顔を出す。今日の配達を早めに終えた海が、ここに車を停めておいてくれたのだ。

とりあえず運転席に乗り込んだ。空調のほどよく効いた車内で、身体が弛緩していく。

「何事もなくてよかったです」

「うん。……だけどわたし、不安でしょうがないよ」

鈴女と一緒に、501号室のバルコニーを眺める。

板を貼られた南側の窓は、いつものように暗く佇んでいる。

万が一、あの板が中から剝がされるようなら、警察に通報してもらう手筈になっていた。これまで巫香が頑なに開けなかった窓。それが開くとしたら異常事態だからだ。

「ジュンさんとの待ち合わせまで、あと三時間くらいか。早くスペアキーがほしいよね。鍵開け業者に頼んでもよかったかな」

「それは調べてみたんですけど、基本的に、その部屋の住民以外は頼めないようです。住民だって証明できるものがないと、業者は対応しません」

「……そうだよね。他人の依頼でやってくれるなら、泥棒し放題になっちゃうもんね」

「気持ちはわかります。僕だって早くなんとかしたい。見張り役、代わりますよ」

「ううん、休む気になんてなれない。太輝くん、中傷チラシの犯人と会ってきたんでしょ？　なんであんなことしたのかわかった？」

どこまで報告すればいいのか迷った。今朝の鈴女への攻撃が巫香の仕業だと知ったら、ショックを与えてしまう。しかし、この状況でどう取り繕えばいいのか思いつかない。

「わかったことがいくつもあります。心を落ち着けて聞いてください」

すべてを話した。チラシに隠されたメッセージから、美都から聞いた巫香の過去まで。ただし、自分の素性は伏せたままにしておいた。情報過多でいたずらに混乱させたくなかったからだ。月人の存在と巫香の妊娠疑惑を話したとき、鈴女は取り乱しそうになっていた。

「――だから、今朝のチラシは美都さんの仕業じゃなかったんです。巫香ちゃん、鈴女さんは陸さんと幸せになってほしいって思ってたんですよ。それで、あえて模倣チラシを作って出てってもらった。そういう形でしか愛情を表現できないんだと思います」

「そんな……そんなことって……。あのね、わたしのことはもういいの。それより巫香が妊娠って。しかも、子どもも彼氏も亡くしてしまっただなんて。まだ十五歳だったのに……」

「それは、まだ確定情報じゃないんです。美都さんの誤解かもしれない」

「でもそれが本当だったら、あの子が窓を塞いで、部屋から出なくなった理由が腑に落ちてくるよね。わたし、あの頃から巫香のそばにいたのに。何もしてあげられなかったのが悲しいよ……」

落ち込む鈴女に、太輝はひとつの疑問を投げかけた。

「あの、もしも全てが事実だとしたら、凪さんはどこまで知ってたんでしょうか。鈴女さんに仕事を依頼したとき、巫香ちゃんは体調が悪くて学校を休んでいたはずなんです。凪さん、何か言ってませんでしたか?」

しばらく考えてから、彼女は話し辛そうに打ち明けた。

「体調については言ってなかったけど、巫香の将来については話してた。『女の幸せは資産のある男と一緒になること。現代のオスの強さを示す指標は財力。だから、巫香には最高の相手を見つける。もう当てはつけてあるの』って。凪にはフロリダに本宅がある日本人の知り合いがいたみたいなんだ。その人と近々お見合いをさせるかもしれない、フロリダに行ったらその話も固めてくるって」

「お見合い……？」

なんという時代錯誤な考え方。価値観が違いすぎてまったく理解できない。

「うん。早めにお見合いさせて、先方が巫香を気に入ったら、十六になるまで花嫁修業をさせるつもりだったの。『でも巫香の気持ちはどうなの？』って訊いたら、『ちょっと問題があって手こずってるけど、どうにかするつもり』としか言わなかった。もしかしてあのとき凪は、巫香と彼氏を別れさせようとしてたのかな……？」

「あり得ますね」

鈴女や美都の話で、徐々に全体像が見えてきた。

巫香と月人は共に家庭を築きたかった。だが、凪によって引き裂かれそうになっていた。

その問題で月人は不安定になり、自分を頼ろうとしたのではないか？

受験で結果が出せそうにない。須佐野家にはいられないかもしれない。だからこそ、巫香との未来に希望を見出した。しかし、結果としてその希望は打ち砕かれてしまった……。

それが真相なのだろうか。どうしても想像が止められない。

「太輝くん、大丈夫？　顔がすごく疲れてる。太輝くんこそ少し休んでよ。ちゃんと食事した？」

「……いや、昨日から何も食べてないです」

食べていないし寝てもいない。実はかなり消耗している。

「ダメだよ。まずは自分を大事にしないと他人なんて助けられない。飲み物と菓子パン買ってあるの。少し休んで。ね？」

「すみません、じゃあ少しだけ」

鈴女が勧めてくれたコーヒーと菓子パンを胃に入れたら、猛烈な睡魔が襲ってきた――。

「太輝くん」と肩を揺さぶられて目が覚めた。

「うわ、寝ちゃってすみません！」

スマホの時計を見る。午後五時半をすぎている。二時間以上も眠ってしまった。申し訳なさで居たたまれなくなりながらも、体力の回復を感じていた。

「大丈夫。異常なしだよ。何かあったら起こせばいいって思ってたから、不安じゃなかった。そろそろ駅に行ってくるね。悪いけど見張ってて」

「わかりました。気をつけて」

鈴女がバンから出ていき、太輝は501号室を凝視した。

他の部屋には灯りが点り始めているのに、天原家だけは暗いままだ。板で塞がれたままの窓からは、カーテンの隙間から灯りすら漏れていない。その暗さが変化のない証拠でもあるので、安心していたのだが……。

窓の右上角の板が、僅かに動いた気がした。

叫び声を上げそうになったが、なんとかこらえて運転席から飛び出した。

501号室の窓をひたすら見つめる。

やはり、板が内側から少しずつ剝がされているようだった。

巫香が窓を開けようとしている⁉

あわててスマホを取り出し、巫香に電話をかけた。コール音だけが虚しくなり続け、通話にはならない。だが、板の動きはピタリと止まった。

鈴女さん、早く、早くキーを持って戻ってきてくれ！

祈るような気持ちで、そのまま窓を観察した。板が剝がされる気配は消えている。太輝の電話で行動を止めてくれたのかもしれない。

――それからの数十分は、気が遠くなるほど長く感じた。窓を見つめているだけなのに、全身が痺れたように緊張している。

ジュンからスペアキーを受けとったと鈴女から電話があったときは、大変な肉体労働を終えた気分だった。

『もうすぐ入り口に着く。太輝くんも来て!』

「了解です!」

駐車場から入り口にダッシュすると、数滴の雨粒が顔に当たった。梅雨明けしたはずなのに、今年の夏は雨が多い。

鈴女と合流し、共に501号室へ向かう。

いつものエレベーターが、今日はやけに遅く感じる。

開いた扉から出て廊下を走り、カードキーで501号室のロックを開けた。

中に入ると自動センサーで玄関の灯りが点る。どの部屋も真っ暗だ。靴を脱ぎ捨てて廊下に上がった。巫香の部屋のドアが開いている。中には誰もいない。

暗がりのリビングに駆け込み、ダウンライトのスイッチを入れる。南の窓のそばに座り込んでいる巫香の背中が見えた。

「巫香！　よかった！」

安堵の声を発して鈴女が駆け寄ると、彼女は微動だにせず閉じた窓の一点を見つめていた。板の左上が少しだけ捲れている。

「……巫香ちゃん？」

様子がおかしい。目の前に行っても反応しない。

「巫香、お願いだから返事して！」

鈴女が身体を揺さぶっても、放心状態のままだ。

「救急車を呼びましょう」

太輝がスマホを取り出そうとしたら、床に落ちてカツンと乾いた音をたてた。

「お……さ……」

巫香が小声で何かつぶやいた。あわてて鈴女が耳元に顔を寄せる。

「何？　もう一回言って」

「お……かあ……さん……」

おかあさん。確かにそう聞こえた。

その瞬間、巫香が膝の上で、洋服らしきものを握り締めていることに気づいた。

おそらく凪がグラビアで着ていた、真っ赤なシフォンのドレスだ。

救急車を呼ぶのはひとまずやめて、耳を澄ました。巫香は視線を遠くに向けたまま、たどたどしく言った。

「おかあさん……、きょうは、はやくかえってくる？」

太輝の胸の奥に、強い痛みが走った。

これは〝幼児退行〟かもしれない。強度のストレス状態になると、それを回避するために、幼児的な思考になる場合があると聞いたことがある。

「おかあさん……」

また呼んだ。やはり幼児退行だ。鈴女を母親だと思っているのだろうか？

鈴女は巫香のうしろに座り、両腕で身体を包み込んだ。

「なあに？　巫香」

やさしい声音で鈴女が答える。

「おとうさんは、もうこないの？」

……凪が愛人だったという、政治家のことだろう。

「お父さんも巫香のこと、ずっと大事に思ってるよ」と鈴女が伝える。

ドレスを握り締めていた巫香の両手が、少しずつ緩まっていく。

ネグレクト同然に育てられた巫香。男と遊びまくっていた母親。

それでも彼女は、凪を求め続けている。母の思い出が染みついたドレスを、しっかりと握り締めて。その手をよく見ると、何かの写真も持っているようだった。

「おかあさん……」

また何か言おうとしている。

「なあに？」

「ミトはなんで、うまれてきちゃだめなの？」

巫香がイヤイヤをするように身じろいだ。膝の上から写真が落ちる。

妊婦の超音波写真。子宮内の胎児が、丸い玉のようにはっきりと写った白黒写真だ。上部にはローマ字で患者名が入っている。

——AMAHARA MIKA。

小さな悲鳴のような声を上げて、鈴女が背後から巫香を抱きしめた。

「ごめんね、何も知らなくてごめん。本当にごめんね。辛かったね……」

美都の妄想は、事実だったのだ。

おそらく凪は、巫香の妊娠を知っていた。そして、産ませないように諭していたのだろう。その後、凪が娘に何をしたのかはわからない。だが、巫香が今、暗闇の中で何を抱えていたのかはわかる。

母親の服と我が子の写真。失ってしまった家族のカケラ——。

「ねえ、おかあさん」

巫香は童女のように無垢な笑みを浮かべている。

「なあに？」

鈴女の声は、涙で擦れていた。

「あたしのこと、すき？」

——あたしのこと、好き？　ねえ、本当に好き？

……それはきっと、巫香が母に、ずっと訊いてみたかった問いなのだろう。母親の無償の愛を感じて育ったのなら、あえて訊ねようとはしないはずの質問。

鈴女は嗚咽をこらえて、巫香を再び抱きしめた。彼女の髪に顔を埋めて、赤ん坊をあやすように身体を左右に揺らす。

そして、たったひとつの言葉を、何度も何度も繰り返した。

大好き。大好き。大好き。大好き。大好き。大好き。大好き。大好き――。

巫香の身体から、だんだん力が抜けていく。

「このまま巫香を小さくして、お腹の中に入れて産み直したい。そしたら、うんと大事にして、一緒に楽しいことといっぱいして、美しいものをたくさん見せてあげる。殻にこもることでしか守れなかった、それでも歪みを避けられなかった心を、取り戻してあげたい」

ささやく鈴女の頬を、涙が伝わっていく。

「ねえねえ、おかあさん」

さっきより声が明るくなった。甘えた言い方になっている。

「あたしの、どこがすき？」

鈴女は、巫香の耳元で小さく笑ってみせた。透明な雫が、巫香の髪に落ちた。

「全部好き。かわいいお顔も、ちっちゃな身体も、やさしくて正義感の強いところも。巫香は困ってる人がいたら、無理してでも助けてあげようとするんだよね。子を亡くしたわたしをそばに置いてくれて、どこか寂しげだった太輝くんとピアノを弾いて、ジュンさんにはスペアキーまで渡して。自分だってずっと寂しかったのに、本当は泣き叫びたかったのに、人じゃなくて自分を責める子なんだよね。巫香の好きなとこ、いっぱいありすぎてキリがないよ……」

気づけば、巫香は瞼を閉じて、安らかな寝息をたてている。

まるで天使のような寝顔だ。緊張の糸が切れて睡魔が訪れたのだろう。

太輝は鈴女と共に、その寝顔をしばらく見つめていた。


「嘘つき──っ」

数分後、いきなり目覚めた巫香が、立ち上がって叫び声を上げた。

さっきまで天使のようだった彼女は、窓のカーテンに背中を押しつけて、宿敵でも見つけたかのような目つきで鈴女を睨んでいる。

「あたしを助けてあげたかった？　ふざけんな！　あたしがあんたを助けたんじゃない。いつも上から目線で楽しかった？　ねえ楽しかった？　独りぼっちの巫香、かわいそうな巫香って。　早く出ていけ！　どーせ、みんないなくなる。あんたも陸のとこに行けばいい！　あたしは助けなんていらないから！」

鈴女は茫然としたまま巫香を見つめている。

（──お店が六本木に移っても、ここにダリアの配達はしてもらいたいな。わたしはずっと巫香のそばにいる。凪が帰ってくるまでは、ここで巫香を助けてあげたいの――）

食事会で鈴女が言った言葉を、太輝は思い起こしていた。

これは、巫香なりの愛情表現なのだろう。

鈴女を陸の元に行かせるために、わざと悪態をついているのだ。

「……月人が呼んでる。窓の外で待ってる。あの人はあたしのせいで死んだの。だから、あたしも逝かなきゃいけないのっ！」

「いい加減にしないか！」

太輝は興奮状態の巫香に駆け寄って、両肩を強く摑んだ。

彼女は瞳を大きく見開いて、こちらを凝視した。

「照谷美都さんから話は全部聞いた。あの子からの伝言だ。『あたしは今も巫香の友だちだと思ってる』。確かに伝えたからな」

ポケットからメモを取り出して、巫香の目の前に近づける。

「これは美都さんから預かった、月人が遺したメモだ」

巫香はメモに視線を走らせ、そのまま黙り込んだ。

「鈴女さん、陸さんたちに連絡してください。念のために準備してほしいんです。鈴女さんも手伝ってください」

「わ、わかった」

鈴女が涙を拭いながら、部屋から出ていく。

太輝はメモから目を離さない巫香と向き合った。

「これ、美都さんが月人の葬式でお父さんからもらったそうだ。ずっと君に見せようとしてたんだよ。『ミトへ。大丈夫。今から逢いに行く。アイツに逢えるのはずっと先だ。それまで一緒に待ってよう。アイツは強いから』。意味わかるよね。巫香ちゃんに逢えるのはずっと先だって言ってるんだ。月人は、君に強く生きてほしいって願ってたんだよ」

「勝手なこと言わないでっ！」

いきなりメモを奪い取られた。

「あたし、強くなんてない。死にたくても死ねなかった。怖くて窓が開けられなかった。全然強くなんてないのに、勝手なこと言わないでよ――っ」

巫香が泣いている。初めて見る滂沱の涙だ。

「月人……月人……月人……」

メモを手に座り込み、全身を震わせて弟の名を呼んでいる。

「……ずっと一緒にいるって約束したのに。家族になろうって誓ったのに。あたしを守るって言ってくれたのに。……やっと大切な人に逢えた、もう独りじゃないって思ってた。あたしも、あなたを守りたかった。なのに、あたしを置いて勝手に逝っちゃうなんて……。嘘つき！　月人の嘘つき——っ」

悲痛な叫び。剝き出しの言葉の破片が、太輝の柔らかい場所に突き刺さる。

「ねえ、強いだなんて決めつけないでよ！　昔からそうだった。強い子だねって言われ続けてた。本当は違う。無駄に生きてるだけの弱虫なの。親にも見放された役立たずなの。……こんな自分が嫌い。嫌い嫌い大っ嫌い！　早く、早くこの世界から消えちゃいたいのにぃぃ……」

背を丸めて涙する巫香に、どうにか手を差し伸べたかった。

絶望の淵にいる、今にも崩れ落ちてしまいそうな少女。

何もできない……。いや、何かできることがあるはずだ。

そう自分に言い含めてからそっと近づき、腰を屈めて話しかける。

「君は弱くなんてないよ。だって、死ぬより生きるほうがずっと辛いんだから」

巫香はピクリとも反応しない。今は何を言っても無駄なのかもしれない。

でも、ここで諦めたりはしない。絶対に。

「もし君が弱いと言うなら、僕だって最低の意気地なしだ。君と向き合って本音を話すことすらできない臆病者だった。だけど、もう違う。変わったんだ。君が変えてくれた」

伏せている顔が少しだけ動いた。

太輝は薄く微笑みながら、さらに言葉を重ねていく。

「僕は月人が亡くなってからずっと、味覚障害になってたんだ。ここで何かご馳走になるときも、無理して美味しい振りをしてた。食べる楽しさってさ、生きる楽しさと同じような気がするんだ。僕も惰性で生きてたんだと思う。でも、君とピアノを弾いてお茶を飲んでるうちに、味覚が戻ってきたんだ。信じられないくらいうれしかったよ。いつの間にか、月人の死で欠けてしまった穴を、君に埋めてもらってたんだ。だからさ……」

きっと届く。この今にも溢れそうな歯がゆくてもどかしい想いを、全力で届けてみせる！

「これからは僕が君を守る。君を怖がらせるものは、僕が全部ぶっ壊す！」

南の窓に駆け寄った。背に巫香の視線を感じながら、捲れかかっていたベニア板を引き剝がす。バキッと音がして、左側の板が一気に外れる。

「きゃぁぁ！」

後ろから悲鳴が聞こえたが、そのまま窓を開けた。

外から雨風が吹き込み、今まで動かなかったカーテンがはためく。

巫香はうずくまって耳を塞いでいる。急いで彼女の元へ戻った。

「いやっ！　離して！」

細い腕を引っ張って、バルコニーへと連れ出した。

風で煽られた雨粒が顔に当たる。

「いやだってば！　やめてよっ！」

彼女は固く目を閉じたまま、バルコニーの真ん中に座り込んでしまった。

「大丈夫。ちゃんと外を見て」

後ろから肩に手を置いた。身体が激しく震えている。

「ほら、君の怖がるものなんて何もないから」

夜空から降り落ちる雨が、コンクリート壁の上についたアルミ製の手すりに当たって、小さな音を立てている。

お願いだから、目を開けてくれ――。

ひたすら、その瞬間を待った。

巫香の震えが止まった。

「頼む。僕を信じて、目を開けて」

身体を支えて立ち上がらせる。

彼女はゆっくりと、閉じていた両目を開いた。

視線の先には、月人の住んでいたマンションがあるはずだ。

二年半前、悲劇の現場となったその部屋の窓には、灯りが煌々と点っている。

「あの部屋には、もう別の誰かが住んでいる。きっと今頃、ネットでも観て笑ってる。君も、もう笑っていいんだよ」

今、この瞬間にも、どこかで誰かが生まれて、誰かが死んでいる。生死の舞台となった場は、ただそこにあり続けるだけ。その場所に意味を見出してしまうのは、きっと人間だけなのだ。

窓から出た巫香は、身じろぎもせずに、向かい側の光を見つめていた。

太輝は、彼女の止まっていた時間が、動き出してくれることを切に祈った。

「――冷えてきたね。中に入ろうか」

巫香の背を押して室内に戻ろうとした刹那、突風が吹き込んだ。

「ヒィッ！」

彼女が再び身を震わせて、悲鳴を発した。

「呼んでる！　月人が呼んでるっ！　あたしに来てって言ってる！」

バルコニーの手すりに駆け寄り、身を乗り出そうとする。

「空耳だよ！」

太輝は、とっさに巫香と手すりの間に身体を滑り込ませた。彼女の両肩を摑んで後ろに強く押し、部屋の中に入れようとした。

「放してっ！」

凄まじい力で突き飛ばされた。背中が手すりに激しくぶつかる。その勢いのまま身体が手すりを飛び越え、いきなり無重力状態になった。

「きゃあああああ――――っ」

耳をつんざくような巫香の悲鳴。

無我夢中で手を伸ばしたら、手すりの外側の縦棒をなんとか摑むことができた。足をかけるところはない。両足が空しく宙をかいている。

「ごめんなさいごめんなさいごめんなさいごめんなさいごめんなさい」

巫香が叫び続けながら手すりから身を乗り出し、太輝の手首を摑んだ。

——雨で濡れたアルミの棒は、そう長いこと摑んでいられそうになかった。

「手を離して。君も墜ちちゃうよ」

「いやあああああああああああっ！」

顔に冷たいものがたくさん落ちてくる。雨粒と巫香の涙だ。


「いいか、よく聞いて。一番の嘘つきは僕なんだ」

太輝は、残っていたありったけの想いを言葉に込めた。

「僕は誰かに助けてほしかった。だからわざと君に近づいた。月人の自殺の真相を探ることだけが、僕の生きる術《すべ》になってたんだ。でも、君はもっと辛い想いをしていたんだな。本当に弱かったのは僕と月人だ。頼む、僕たちを赦してくれ」


そうだ。僕はこの街に来るまで空っぽだった。未来への夢も希望もない状態で、ただ毎日を漠然と生きていた。だから、弟の真相を探り出すという使命を持つことで、自分自身が救われたかったのだ。

すべては、初めから仕組んだ計画。

そんな身勝手で嘘つきな僕に、君は少しずつ心を開いてくれた。

想像を絶するような痛みと哀しみを、胸の奥に隠して——。

「——辛いことがたくさんあったのに、生きててくれて、ありがとう」

とめどなく涙を流す巫香を、ハシバミ色の瞳を、しっかりと網膜に焼きつけた。

「こんなことになって、本当にごめんな。でも、これだけは信じて」

指が手すりから離れる。巫香が必死で太輝の手を掴んでいるが、身体は滑り落ちていく。

「……たとえどんなことになっても、僕は、君を、守る——」

重なった指と指が離れた。

「いやだいやだいやだっ！　いかないでぇぇぇぇぇ」

まるでスローモーションのようにゆっくりと、巫香の泣き顔が小さくなっていく。

——衝撃音がして、深い闇に墜ちた。

あたしは、人殺し。
真っ赤な血で汚れた魔女。
そばにいる人を、不幸にしてしまう。
だから、誰とも触れ合ってはいけない。
この世界に、いてはいけないの。
お願いだから、あたしを赦して――。

第七章

クジラの泳ぐ神秘の森

——夢を見ていた。子どもの頃の夢。
弟と一緒に、ダリアの墓標を立てている。
雨上がりのクジラの森に、風が潮の香りを運んでくる。
クジラの群れが空を飛んでいる。十頭、いや、百頭はいそうだ。
銀色の光を放ち、虹を超えて大きくジャンプをする。
どのクジラも、愛らしく口角を上げて笑っている。
いいな。僕もそこに交ぜてくれ。弟も一緒に。
みんなで大空を飛んでいきたい——。

✿

――また夢を見た。今度は多々木の渓谷だ。白い花が繁る湿地帯。
目の前に八歳の弟がいる。自分はスコップで穴を掘っている。
ザクザクと土を抄っていくと、何か硬いものにぶつかった。
いきなり弟が成長した。高校の制服姿でこちらをじっと見ている。
「大丈夫。今度こそ僕が月人を守るから」
話しかけたら、弟が安心したように微笑んだ。
その笑顔に勇気づけられ、恐る恐る穴の中を覗き込む。
心臓が破裂しそうになる。暗い穴の奥から冷たい風が吹いてきた。
底にあったものは――。

✿

目覚めると、そこは病院のベッドだった。

薬臭が鼻をつく。蛍光灯が点り窓の外は薄暗い。今は夕刻のようだ。

左手に鈍痛が走った。手首から肘までがギプス固定されている。

「お目覚めですね。ご自身でお名前と年齢、言えますか？」

そばにいた女性看護師に問われ、「鏡太輝。二十歳」と答える。まだ頭がボーッとしている。

「……あの、僕は救急車で運ばれたんですか？」

「そうですよ。一昨日の夜に。先生をお呼びしますね」

すぐに男性医師がやってきて別室に運ばれ、様々な機器で検査をされた。

「――脳に異常はないようですね。打撲と左手首の骨折。骨折は癒合に一カ月、リハビリに二カ月くらいかかると思ってください」

病室に戻され、右手だけで薄味の病院食を食べた。味覚障害がぶり返したわけではない。そもそもの味が薄いのだ。

看護師が空の食器を持ち去った直後、ドアが開いて顔なじみの男女が入ってきた。

「太輝！　やっと起きたか！　丸二日寝てたらしいぞ」

パイプオルガンのような声。陸だ。

「……そうだ、巫香！　巫香ちゃんはっ？」

飛び起きそうになったが、左手首の痛みが邪魔をした。

「ここにいるから安心して」

涙目の鈴女の後ろから、黒いフードを被った巫香が顔を覗かせた。

「太輝くんのお陰で巫香も助かったよ。目覚めてくれて本当によかった……」

目元を拭う鈴女に肩を抱かれた巫香が、真っ赤な瞳でうなだれている。

「あのとき太輝は、ちゃんとマットの上に落ちてくれたんだ。だから、これだけのケガで済んだんだよ」

白い歯を見せて陸が言う。

「バンも無事だから安心して。身体、大丈夫？」

海に尋ねられた。首や腰が多少は痛むけど、それほどの打ち身ではなさそうだ。

「大丈夫みたいです。皆さん、ご協力ありがとうございました」

巫香が月人のあとを追おうとしている。南の窓を開けて月人と同様に飛び降りる可能性が高い。そう予想した太輝は、『THE DAHLIA』の駐車場で海と鈴女に相談し、店のバンを巫香のマンションに回してもらった。鈴女に窓を監視してもらうためだ。

そして、いざとなったらクッションにもなるように、海が自宅に寄ってマットレスや布団を積んでおいてくれた。それを屋根に置いたバンを、鈴女から連絡を受けた陸と海が501号室の真下に移動してくれたのだ。万が一落ちたとしても、クッションの上なら命は助かるだろうと考えたのである。

まさか、自分が落ちてしまうとは思いも寄らなかったのだが。

「あたしのためにこんなことになって……。本当にごめんなさい……」

肩を震わせる巫香を、誰もがやさしく見守っている。

「君に話したいことがあるんだ。たくさんある。ゆっくり話したいな」

「……うん、あたしもあなたと話したい」

巫香が太輝の視線を受け止めた。

「よし、俺たちは先に出る。太輝はしばらく休暇を取れ。落ち着いたら連絡くれればいいから。ゆっくり休めよ」

そんな陸の言葉が、ひたすらありがたかった。

✿

それから太輝は、鈴女が差し入れてくれた下着とシャツ、パンツに着替え、一旦家に戻りたいと看護師に告げた。左のギプスを三角巾で吊ってもらい、精算を済ませて巫香と共にタクシーに乗った。

多々木の渓谷辺りで降りて、巫香のスマホライトを頼りに渓谷の奥へと向かう。

目指したのは白いダリアが群生する花の海原だ。

どうしても、そこで話したい事情があった。

巫香に手伝ってもらいながら靴と靴下を脱ぎ、ジーンズの裾を丸めて慎重に川を渡った。

時刻は夜八時、人の気配はない。ふたり並んで草むらに腰を下ろす。

まずは巫香から、月人の死の直前に何が起きたのか教えてもらった。

「お母さんが病院に行くって、あたしを無理やり連れてこうとしたの。もう学校なんて行かなくていい、お金持ちの男の人を紹介する。若くて純真な女の子を、その人は求めてるからって。だけど、どうしても嫌だったから、月人に相談したくて渓谷に来たの。それは大雨の降ったあとの夜で、川の水が溢れそうになってた。あたしたちは誰もいない川辺で、一緒にどこかに逃げようかって話してた。そしたら、お母さんが探しにきて……」

月人と巫香は逃げた。長い階段を駆け上がった。凪が後ろから追いかけてくる。

「待ちなさい巫香、勝手なことしないで！　産婦人科も予約してあるんだから。早く始末しないと見合いができないじゃない！」

沖縄の離島で、シングルマザーに育てられた凪。周囲から蔑みの目を注がれて育った彼女は、都会に出て成功することだけを夢見ていた。そのために、母親も故郷も捨て去った。恵まれた容姿でグラビアモデルとなったが、容姿はいつか衰える。その前に権力者の子どもを産み、悠々自適な生活を送ろうと目論んだ。そして、我が子にも最高の相手を当てがおうとしたのだ。

本人の意思などお構いなく、娘に宿った小さな命を摘み取って。

「お母さんが月人の片足を摑んだ。月人は『離せよ！』って叫んで、お母さんの頭を蹴ってしまった。……お母さんは、悲鳴を上げて階段を転げ落ちてった。そのとき月人はあたしの手を握ってて、あたしたちもバランスを崩して転げ落ちた。あたしは草むらで気を失ってしまった。……ザクザクって土を掘る音が、ぼんやり聞こえてた気がする。目覚めたら、お母さんがいなかった。川の岸にお母さんの帽子が引っかかってた。あたしはお腹がすごく痛くて立てなくて……。そのとき、あたしと月人の大事なものが消えてしまったの」

ふたりの大事なもの。

それが、「巫人」と名づけた子どもだったのだ。

「月人は、ここに立ってた。あたしたちが、死んでしまった一匹目の金魚を埋めた場所。月人が教えてくれたの。亡骸は埋めればいい。そこにダリアの花を挿して墓標にするんだよって」

太輝が故郷で弟としていた弔いの儀式。やはり月人はここでも、同じことをしていたのだった。

「だから、月人がお母さんの亡骸も埋めたんだと思った。訊かなかったし彼も何も言わなかったけど、そうだと思ったの。それからあたしは、月人との連絡を絶って家から出なくなった。……怖かった。頭がおかしくなりそうで、何もかも忘れてしまいたかった。月人を思いやる気持ちの余裕がなくて、あの人を孤独に追い込んでしまった。それで、そのせいで月人は……」

「君だけのせいじゃないよ。僕も弟から助けを求めるメールが来てたのに、それがスパム扱いになってて応えてやれなかった。だから、僕のせいでもあるんだ」

凪を階段から蹴り落としてでも、月人が守りたかった巫香と巫人。だが、その直後に巫人という希望が消え去り、巫香とも兄とも連絡が取れなくなってしまった。誰にも相談できずに孤独を募らせ、受験からも逃げたかった彼が選んだのは、この世から消え去ることだった。──それが、太輝の導き出した真相だ。

「月人やお母さん、あたしの大事だったものがいなくなってから、ずっとここに花を手向けに来てた。お母さんが好きだったシルクハット。いつの間にか、こんなに群生しちゃったね」

悲哀に満ちた表情で、巫香が白い花々を見つめる。

「植物は逞しいよな。どこにだってしっかり根づいて、何度でも花を開かせるんだから。

環境に応じて進化できる、世界で最強の生命体かもしれない。自分もそうありたいって思うよ」

だからきっと、僕も君もやり直せる。いつかきっと、互いの花を咲かせられる。

……そんな願いを、言葉に忍ばせた。


「あなた……太輝さん」

巫香が初めて名前を呼んでくれた。

たったそれだけのことなのに、胸が熱くなってくる。

「太輝さんがピアノを弾いて、あたしのモールス信号に応えてくれたとき、月人が戻ってきたような気がした。月人はあたしにピアノを教えて、よく連弾をしてくれたの。モールス信号も教えてくれて、懐中電灯で話したこともあった。バルコニーから月人の部屋が見えたから。

おやすみ。またあしたね。はやくねろよ。そっちこそ——。

そんな他愛のない会話が楽しかった。その楽しいって気持ちを、太輝さんが取り戻してくれたの。……うれしかった。うちに来てくれるのが待ち遠しかった」

素直に想いを明かす巫香は、これまでで一番可憐に見える。

「僕も感謝してるよ。だから、君にかかった呪いを僕が完全に解きたい」

　巫香がハシバミ色の瞳を、不思議そうに瞬かせている。

　太輝はすうっと息を吸い込み、言葉と共に吐き出した。

「実は、弟からの最後のメールに書いてあったんだ。『大変なことになった。彼女のお母さんが、川で流されてしまったかもしれない』って」

「……え？」

「月人も気を失ってたんだよ。君が目覚める前に意識を取り戻した。凪さんはもういなかったんだ。帽子が川縁にあったから、流されたと思ったんだろうな」

「じゃあ、お母さんは……？」

　なんと言えばいいのか逡巡したが、こう告げることにした。

「探偵に頼んで、凪さんの行方を調べてたんだ。やっと居場所がわかったらしい。フロリダで暮らしてるそうだ」

「……どういうこと？」

「階段から落ちて気を失った子どもたちを見て、自分が殺してしまったと思い込んだんだろう。だから凪さんは逃げた。すべてを捨てて、知人のいるフロリダに逃亡した。昔、故郷を捨てて上京したのと一緒だな。それが真相だ。娘が生きてるって知って、驚いてたそうだ。……仕方がなかったんだよ。それぞれが勘違いをして、その状況を乗り切るために別々の手段を選んだだけなんだから」

もう一度深く息を吸い、さらに言い加えた。

「だからさ、墓標の下には誰も埋まってなんかいないはずなんだ」

「……だったら、あたしが目覚めたとき、なんで月人はここに立ってたの？」

巫香は疑わしそうな表情をしている。

「それはきっと幻覚だ。恐怖心が君に見せた幻だったんだよ。信じられないなら、掘り返してみればいい」

すると彼女は、草むらに隠してあったスコップを取りに行った。巫香と月人は、ここにスコップを隠し、弔いの儀式をしていたのだ。古びた大きめのスコップには、土がこびりついている。

ザク、ザク、ザク、とスコップで土を抄い、穴を掘っていく。

巫香がいくら掘っても掘っても、人の遺体らしきものは出てこない。

やがて彼女は、観念したかのように空を仰いで手を止めた。

太輝は片手でスコップを取り上げて、微笑みながら言った。

「な、言った通りだろ。凪さんは今も元気にしてるんだよ」


——真っ赤な嘘だった。


月人からのメール内容も、凪のフロリダ行きも、太輝がついた最後の嘘だ。

本当は巫香の想像した通り、月人が凪の亡骸を埋めたのだろう。

〈彼女とのことで大至急相談したいです。大変なことをしてしまって、誰にも話せなくて悩んでます〉

弟の最後のメールにあった「大変なこと」とは、「凪を階段から蹴り落として死に至らしめ、罪を隠すために遺体を埋めたこと」だった。その罪悪感から逃れたい気持ちも、弟の自殺理由のひとつだったと思われる。

太輝は、すでに凪を発見していた。

最後の金魚を埋めた巫香とここで会ったあと、どうしても眠れずに、懐中電灯を持って夜の散歩をした。その際にこの場所へ寄り、いま使ったスコップで土を抄い、掘り返したのだ。

掘っているあいだ、ずっと月人に見守られているような気分だった。

やがて、スコップが何か硬いものに突き当たった。恐怖心をどうにか抑えて底を覗き込むと、土の奥深くで驚異的な奇跡が起きていた。

あまりの衝撃に、うわっ！　と大声を上げてしまった。

なんと、透明なレインコートにくるまれた凪は、生前の姿のままで埋まっていたのだ。

「死蠟《しろう》」と呼ばれる、死体が蠟化した状態になっていたのである。

遺体が腐敗菌の繁殖を免れ、外気との接触を遮断され、湿度の高い場所にあったときのみ成立する特殊な現象らしい。百年以上も前に沼底に沈んだ死体が、死蠟化して発掘された事例もあるという。この渓谷の湿地帯と、埋められた際の状態が条件に合致していたため、腐敗臭がしなかった。だからこんなにも長いあいだ、凪は発見されなかったのだ。

美しいが故におぞましい亡骸を凝視していたとき、大変なことに気がついた。

これまで誰にも掘り起こされず密閉状態になっていたから、凪は死蠟のままでいたのだ。しかし、自分が外気に触れさせてしまった。ここでまた埋め直したら、腐敗が始まってしまう。遅かれ早かれ、誰かに発見されてしまうのだ。

……駄目だ。すぐ行動しないと。やれるのは自分しかいない！

太輝は迷いもせずに、『THE DAHLIA』へ直行した。預かっていた合鍵で店内に入り、包装用のセロファンとビニール紐、折り畳み式の台車をアルミバンに積み、バックヤードにあるバンの鍵を借りて渓谷に戻った。

台車にセロファンで包み直した遺体を括りつけ、土を元通りに埋めてから、階段のスロープを使って台車をバンに運んだ。誰かに見られていないか、神経を張り巡らせながら。

スコールの中、川を何度も渡り土を掘ったので、全身が濡れて泥まみれになってしまった。バンの荷台でロッカーから出しておいた服に着替えてから、遠くまで車を走らせた。

そんなハードすぎる作業で一睡もできずに迎えた翌朝。店内の汚れを海に指摘されたときは内心で焦りを感じたけど、どうにか誤魔化して掃除をし直した。バンの外も中も再点検し、汚れがないようにしておいた。


凪の亡骸は、郊外の湿原地帯の奥深くに埋めてある。

今はセロファンに包まれて、泥濘《でいねい》の中で眠るように横たわっている。

まるで瓶に詰めたハーバリウムの花のように、生前の美を保っていた凪だが、すでに蠟化の魔法は解けてしまった。あとはただ、静かに朽ち果てていくだけだ。

かつて産業廃棄物処理の闇仕事をしていた太輝は、どこに凪を埋め直せば人目につかないか、ある程度の情報を持っていた。バレずに済む自信はあった。

もし、この渓谷で凪の遺体が見つかったら、巫香も月人の死因も詮索される。

それだけは避けたかった。凪は今も生きているのだと、どうしても捏造しておきたかった。そのために、即興で作り話をしたのである。

きっと巫香は、その偽りの真実で救われるはずだと思ったから。

ここに母親が埋まっている限り、巫香の呪いは解けないと悟ったから。

だけど……。

いつか、気づかれる日が来るかもしれない。

すべてが明るみに出たら、自分は死体遺棄などの罪に問われるだろう。殺人の疑いもかけられるかもしれない。それでもよかった。罪は償うつもりだ。亡骸を包み直したセロファンに、指紋もわざと残してある。

警察にはこう言えばいい。

凪たち三人が階段から落ちた夜、自分は弟に助けを求められた。すぐに駆けつけて、巫香が気絶しているあいだに凪の遺体を渓谷に埋めた。月人をずっと疑っていた巫香が、気に病んで自殺を図ろうとしていたから、別の場所に移し替えた。

守ってやれなかった、魂の片割れのために。

彼が必死で守ろうとした、この少女のために。

人は守るべき相手さえいれば、どこまでも強くなれるのだ。


——聞こえるか、月人。僕たちは共犯者だ。


穴を元に戻した巫香が、白い花の海に横たわった。

そっと何かをつぶやいている。涙を流しながら。

「あたしね……」と、仰向けのままささやく。

「うん？」

「あの部屋に帰りたくない。自由になりたい。もう、ここにはいたくないよ……」

彼女は涙を拭うこともなく、夜空を見つめている。

星などほとんど見えない、都会の夜空を。

「あのさ、僕の福島の故郷には、クジラが泳ぐ森があるんだ」

「クジラ？　森なのに？」

「そう。そこは昔、海の中だったらしいんだ。海洋生物や貝の化石が埋まってるから、雨が降ると潮の香りがする。緑が濃くて澄んだ小川もあって、満天の星だって見える。ダリアも咲いてるよ。だからさ……」

太輝は巫香に向かって、右手を差し伸べた。

「一緒に行かないか？　クジラの森に」

「……いきたい」

彼女はフードを脱ぎ、太輝の手を取り立ち上がる。

「でも、お店とか病院はどうするの？　このまま行っちゃっていいの？」

「いいよ。君となら」

働き先も病院も住まいも、替える方法などいくらでもある。

陸さんも海さんも鈴女さんも、話せばきっと理解してくれる。

だから、あの店には戻らなくていい。

たとえ、もう誰とも会えないとしても。

「──楽しみだな。クジラが泳ぐ森」

巫香が両目を手で拭って、ふわりと微笑んだ。

初めて見る心からの笑顔。どんな花よりも艶やかで美しい。
そのまま手を繋ぎ、光の差す方向へ歩き出す。
僕は君を連れて、この街を捨てていく。
犯した罪を背負ったまま。真実を闇に葬ったまま。
明日のことなど、どうでもよかった。
今はただ、君とふたりで。
僕たちを繋いだ弟が無邪気に笑う、あの神秘の森へ——。

白い花の海に、そっと身体を横たえた。
沈みゆく身体が、真っ白に染まっていく。
白い海の中から呼ぶ声は、もう聞こえない。

だから、ここにはもう来ないと決めた。
この世界にいたいって、思ったから。
いてもいいんだって、やっと思えたから。

あたしはずっと、この場所で助けを待っていた。
あなたの存在で、あたしは確かに救われた。

──抄《すく》ってくれて、ありがとう。

取材協力

株式会社ＦＬＯＷＥＲ ＫＩＮＧ 代表取締役 遠藤 大輔 様
株式会社チャンネル－ゼロ 代表取締役 長 俊宏 様
福島県東白川郡 塙町役場の皆様

本書は書き下ろしです。また、この物語はフィクションであり、作中に登場する人物、団体名等はすべて架空のものです。

双葉文庫

さ-47-02

闇《やみ》に堕《お》ちる君《きみ》をすくう僕《ぼく》の嘘《うそ》

2022年11月13日　第1刷発行

【著者】
斎藤千輪《さいとうちわ》

【発行者】
箕浦克史
【発行所】
株式会社双葉社
〒162-8540 東京都新宿区東五軒町3番28号
［電話］03-5261-4818(営業部)　03-5261-4831(編集部)
www.futabasha.co.jp（双葉社の書籍・コミックが買えます）
【印刷所】
大日本印刷株式会社
【製本所】
大日本印刷株式会社
【カバー印刷】
株式会社久栄社
【DTP】
株式会社ビーワークス

【フォーマット・デザイン】
日下潤一

ISBN978-4-575-52618-9 C0193
Printed in Japan

JASRAC 出 2207825-201

だから僕は君をさらう

斎藤千輪

犯罪者の息子と被害者の娘。皮肉な運命を背負って出逢った二人に新たな事件が降りかかる。珠玉の純愛ミステリー。第二回双葉文庫ルーキー大賞受賞作。

双葉文庫

虹のような染色体

夏凪 空

後天的に性別が変化していく奇病にかかった青年が、様々な試練を乗り越えていく姿を描く青春成長譚。第五回双葉文庫ルーキー大賞受賞作。

双葉文庫